HAMZA

Ilustraciones de EL FLORES

KI TI PASA

ESCOGE TU PROPIA LOCURA

Montena

Papel certificado por el Forest Stewardship Council®

MIXTO
Papel procedente de fuentes responsables
FSC® C117695
FSC www.fsc.org

Primera edición: junio de 2018

Printed in Spain – Impreso en España

ISBN: 978-84-9043-947-0
Depósito legal: B-6.482-2018

Compuesto en M. I. Maquetación, S. L.

Impreso en Black Print CPI Ibérica
Sant Andreu de la Barca (Barcelona)

GT 3 9 4 7 0

Penguin
Random House
Grupo Editorial

HAMZA
HAMZA
HAMZA
HAMZA

PREFACIO

Seguramente os preguntéis cómo he llegado hasta aquí...

Pues mirad, chavales... **Fua, ¿cómo os lo cuento?** Es que no os vais a creer lo que me ha pasado... Y mira que todo empezó de tranquis, pero de tranquis de verdad, nada de eso de **«Sí, sí, vamos a casa de la Carol de tranquis»**, y mientras lo estás planeando ya sabes que al final te vas a acabar pasando, porque a ver, vas a eso... en lo único que piensas cuando utilizas **«TRANQUIS»** es en librarte del chancletazo de tu madre. Pero, vamos, que me voy del tema. Y el tema es que estoy aquí, a punto de recibir la paliza de mi vida, y yo soltándoos un rollazo que madre mía.

En fin.

¿Que cómo he llegado hasta aquí...? Pues pasa página, que te voy contando.

Capítulo 1
EN UN BAR, UN TRUÑO Y UN IPHONE

Estoy en la calle, en mi barrio, como siempre, y Paul me está dando el coñazo con un vídeo que intentamos grabar para el Insta.

—Que no, Hamza, colega, que te saltas el eje.

—Pero, a ver, qué eje ni qué ojete, ¡que luego lo edito con el móvil y queda de puta madre!

—¡Pero que no me seas cutre!

Al final, acepto hacer otra toma, pero es que se pone tan técnico que esto parece Hollywood. ¡Es un puto vídeo para Instagram, no va a ir a los Óscar!

Intentamos grabar una escena de **Fatema** corriendo por la calle con la chancla, así que ya me puedes imaginar haciendo el gilipollas con la bata y la camiseta en la cabeza en pleno Carabanchel. Lo que hago por vosotros no tiene nombre, eh. Pero bueno, aquí estamos.

Y de golpe... de golpe, joder, noto que se me desintegra la vida, colega. Joder. Joderjoderjo-derjoder.

Qué ganas de cagar.

Paro en seco y me doblo sobre mí mismo. Paul me pregunta qué me pasa, claro.

—¡¡Un bar!! ¡¡Un bar!!

Me entiende a la primera el tío; me levanta del suelo y salimos corriendo. Menos mal que el Josema nos conoce de sobra y no me tira un vaso a la cabeza por entrar directo al baño; lo hace siempre que se intenta colar alguien para mear. Es un poco capullo, la ver-

Fatema

THE MOVIE

ARMADA Y PELIGROSA

dad, pero es el bar de toda la vida del barrio. ¿Qué mejor sitio para soltar un truñaco? Un váter de confianza, casi como el de tu casa o el del insti.

—**¡Dos Colas y unas Bravas!** —oigo a Paul pedir mientras cierro de un portazo y echo el pestillo.

Me siento en la taza sin pensármelo dos veces, y se me encoje el pito de lo fría que está. Joder. Bueno, mejor así, si no me colgaría y aún rozaría el váter. **¡Qué ascazo!**

Total, que me siento y...

PERO AHORA EMPIEZAN LAS CATARATAS DU TRASEIRO... Y BUENO...
ME ESTOY UN BUEN RATO AQUÍ METIDO, TANTO QUE AVISO A PAUL POR EL WASAP.
Hermano, que va pa rato, el cuscús de mi madre me ha sentado de pena.
Ok tío. Las bravas se enfrían.
COMO SI ESTUVIERA YO PARA BRAVAS AHORA, SABES...
¿HUM?
ESTO ES... ¿¿¿UN IPHONE X???

Claro, colega, ahora tengo un iPhone X entre las manos. ¿Y qué mierda hago? Bueno, primero de todo me limpio el culo para que no se me enganchen los gayumbos en la raja. Que yo hago mucho el burro, pero limpio soy una barbaridad, **¿vale?** Eso que quede clarito o mi madre me va a perseguir con la chancla hasta que demuestre que he erradicado las bacterias de la humanidad.

Pero bueno, que me voy otra vez del tema. Después de un rollo y medio de papel y de casi atascarle el váter al Josema (hago un poco de trabajo con la escobilla, porque al pobre hombre lo conozco de toda la vida y no le voy a hacer esa guarrada), me meto el iPhone en el bolsillo y salgo. **Y claro, claro, me lavo las manos antes, no me seáis plastas, ¿eh?**

Total, que me planto en la puerta del baño y Paul me mira desde la barra, con el plato de bravas vacío. El bar está más vacío que cuando he entrado; habrá pasado casi una hora. Me encuentro mejor, **¡qué alivio! PERO ¿QUÉ HAGO?**

Le cuento a Paul lo del iPhone y lo trasteamos → sigue en la página siguiente.*
Me callo y me lo llevo para casa, y ya veré qué hago → avanza hasta la página 24.

*¿Qué pasa? ¿Os creíais que os iba a contar la historia de manera fácil? No, no, aquí venís a pasarlo bien.

CAPÍTULO 2-A
SOBRE EL DESBLOQUEO FACIAL Y UN CANI

—**Hermano, ¿seguro que estás bien?** Estás muuuy blanco —me dice Paul al llegar a la barra.

Echo un trago de mi Coca-Cola (de lo que queda, porque casi se la ha bebido toda él) y le digo:

—No te vas a creer lo que me ha pasado ahí dentro, chaval.

Pone cara de asco inmediatamente.

—A ver, a ver, colega, no quiero detalles, que me acabo de zampar las bravas porque tú no salías de ahí.

—**¡Joder, Mohammed!** —oigo gritar a Josema desde el baño; siempre me llama así de cachondeo—. Vaya olorcito has dejado, macho.

—**Josema, tío, no tiene que enterarse todo el bar.** —Me río. Paul pone mala cara—. Que no, tronco, relaja, que no iba por ahí la cosa. Flipa con lo que me he encontrado...

Me saco el iPhone del bolsillo y se lo enseño.

—¿Esto es en serio, tío?

—¡Pues claro! ¿Crees que me lo he pintado o qué?

—¡Pero, tío! ¿Ahí, en el cagadero?

—Como lo oyes.

—¿Y qué hacía ahí dentro?

—Se le habrá caído a un despistao del barrio de Salamanca.

—Ya, tú flipas, ¿qué hace un pijo así en Carabanchel, macho?

—Quizá se cagaba como yo y no tenía váter en la limusina.

—Tronco, si una limusina entra en el barrio, sale convertida en un 600.

—¿Qué coño es un 600?

—No sé, mis padres lo dicen para referirse a un coche de mierda.

—Vale. Pero, a ver. Que nos vamos. ¿Qué hacemos con esto? Hay que pensar.

—De momento guárdalo, que eso vale más que los dos sueldos de mis padres juntos. —Joder, tiene razón. Me lo guardo corriendo y miro a mi alrededor. Dos viejos en las tragaperras, tres marujas tomándose un carajillo y un cani fumando en la puerta; de espaldas. Menos mal que no nos ha visto.

—Vale. A ver. Mente fría.

—¿¡Y si lo vendes por Wallapop!?

Le hago caso → me detiene la policía y la historia se termina cuando no ha hecho más que empezar. ¿En serio sois tan tontos como Paul, colegas?

Sí, hombre, al igual lo vendo → sigue leyendo.

—Nah, tío. Es un iPhone. El cacharro es como superseguro y no deja desbloquearlo tras robo o pérdida. Fijo que el pijo ya lo ha bloqueado. Nadie lo compraría y a lo mejor nos denunciarían.

Nos quedamos un rato callados. Pensando qué hacer. Quizá habría que llevarlo a la poli, pero ni lo digo en voz alta. Sería la solución más aburrida...

—¿Y si lo desbloqueo? —pienso en voz alta. Paul me oye y me anima a hacerlo—. Pero si me paso probándolo, se bloqueará y se activará la alarma de robo...

—Pero, colega, tienes que probarlo al menos.

—**Fua-fua-fua.**

—**¿Qué-qué-qué?**

—¡¡No me creo mi vida, hermano!!

—¿¿Lo has desbloqueado, tronco??

—¡Tengo un iPhone X, ***Brotherrr*!**

—**¡¡Jura!!** ¡¡Vaya vídeos vas a grabar con esto, loco!!

Y casi nos ponemos a bailar, ahí, como si estuviésemos en medio de una *rave*. Pero intento mantener la calma y me froto las manos. Me guardo el móvil, con miedo de que al haberlo desbloqueado no lo pueda volver a abrir, que haya sido una casualidad o algo. Vaya paranoia.

Le pagamos a Josema y nos manda a tomar por culo como despedida. **Qué majo es.**

Mientras salimos, intentamos aguantarnos la risa que te sale cuando estás muy emocionado, cuando sabes que se avecina algo épico con tus colegas. Madre mía, vaya locurote.

—Eh, primosh.

Un pequeño *spoiler*: ni Paul ni yo tenemos *primos* en el barrio. De hecho, los míos viven en Marruecos. Así que ya nos ponemos en guardia; se nos acaba la risa.

—¡Eh, primosh! —vuelve a insistir. Así que nos volvemos. Es el cani que había visto antes fumando en la puerta del bar. Seguramente es un vacile, o quiere fuego, o un cigarro.

Seguramente.

—**¿Qué pasa, hermano?** —le saludo, de *chill* y chocamos las manos.

—¿Tenéis fuegoh, primosh?

Paul se saca el mechero y se lo da. Con tranquilidad, el Primo #1 se saca un piti y se lo enciende. Le devuelve el mechero a Paul. Enseguida se lo guarda y nos disponemos a marcharnos, pero entonces...

—**¡Primoh!** —Y nos volvemos los dos, claro—. No, no, solo el morenito. —Ya me dan ganas de cruzarle la cara o de llamarle «blanquito desnatado»—. **¿Me dejash tu móvil un momento, Primoh?**

Me quedo helado, pero intento parecer tranqui. Se está refiriendo al iPhone, eso seguro. Este pavo no quiere el troncomóvil de mi abuela, que ni siquiera tiene internet.

—Tengo que llamar a mi piba.

Paul me mira al mismo tiempo que echa un paso atrás, preparado para salir corriendo. No es listo ni nada.

—Lo siento, hermano, no llevo el móvil encima.

—**Vale, vale, pero... ¿Y ese iPhone tan chulo que tenías en el bar?**

Y de golpe, te juro que noto ese móvil como si me pesara mil kilos.

—¿Te lo tengo que pedir de otra manera?

Le miro la cara y siento un retortijón. **Qué ganas de cagar me están dando otra vez.**

Intento librarme sin salir corriendo → sigue leyendo.

Paul le mete una leche → salta a la página 22.

Me cago encima → no, eso no pasa.

Capítulo 3-A
De la aplicación misteriosa

—**Que me dejesh el móvil, primoh.**

Su voz ya se ha vuelto completamente intimidante, y mira que el tío es un flacucho de cuidao. Pero claro, que si la gorrita, la camiseta tres tallas más grande, la cara de fumao loco... **¿¿Lo que lleva en el bolsillo es una navaja??** Porque se supone que móvil no lleva, ¿no?

Paul no deja de darme pequeños codazos para salir corriendo. Pero eso empeoraría las cosas. Necesitamos una distracción.

—El móvil no era mío, es del del bar —le digo, señalando la puerta.

Y por suerte ¡se vuelve!

Le hago un gesto a Paul, pero él ya ha salido corriendo. ¡Será capullo! Le sigo, pero el Primo #1 se da cuenta, claro, porque vaya mierda de maniobra de distracción, si parece que tengamos tres años.

Así que corremos, no nos queda otra, porque bastante tengo con los chancletazos de mi madre como para recibir una paliza. Después de dar algún que otro rodeo a ver si el tío se cansa, saco el móvil para llamar a alguien, a la policía o qué sé yo, o a algún colega para que nos ayude.

Pero con los nervios lo que me saco es el iPhone, no mi móvil, y no me doy cuenta hasta que mi careto lo desbloquea. Ya fijo que algo raro pasa con este móvil, porque no es normal que ni corriendo con la lengua fuera sea capaz de desbloquearlo.

Está tarado.

—¡Tío, tío, que ha sacado la navaja!

Bueno, ya que me he equivocado de teléfono y aquí no tengo ningún número, pues decido llamar a los maderos. Que la cosa se pone seria.

Pero justo cuando voy a llamar, veo una aplicación rara de cojones. Rara porque el botón es el logo de mi marca. Del Kitipasashop. Casi me freno en seco, pero no hay tiempo: ¡la navaja!, ¡la navaja!

Y oye, de perdidos, al río, así que...

¡Volvemos en un *durum*! → salta a la página 39.

Pulso en la app ¡Y NO TE VAS A CREER LO QUE PASA A CONTINUACIÓN! → sigue en la página siguiente.

Pulso en la app. Ni me lo pienso más porque, ya ves tú, ¿qué van a suponer cinco segundos más corriendo? La app me pide otra vez el reconocimiento facial, y de golpe una luz cegadora lo cubre todo.

Los tres nos paramos en seco y suelto el móvil, pero no cae al suelo o, al menos, no lo oigo caer. La luz cada vez es más intensa y, cuando desaparece, todos seguimos quietos. Y no sé por qué.

—¿Qué coño es esto, tío? —Dice Paul.

Me miro y lo entiendo todo. Lo que pasa no es normal. Bueno, es menos normal de lo que ya es normal, porque voy disfrazado como un superhéroe. **¿Y el iPhone?** El jodido teléfono lo tengo en el pecho, con el logo del Kitipasa.

No sé qué es esta locura, para qué os voy a engañar, pero listo soy un rato: pego un grito y me saco unos nunchakus que tengo en un lado del cinturón. El cani cae para atrás y me fijo en que Paul lo está grabando todo. Hago unos movimientos con los nunchakus y me doy cuenta de que tienen forma de *durum*. **Otro grito y el cani sale corriendo.**

—¡¡Como vuelvas por aquí te las verás con... ABDULMAN!!

Segundos más tarde, desaparece por una esquina, y entonces Paul suelta:

—Colega, eso ha sido una puta locura.

Para seguir esta historia → pasa a la página 30.

capítulo 3-B
EL PODER DE LAS YOYAS

La verdad es que no hay que ser muy listo para saber a qué se refiere un cani con «pedirte las cosas de otra manera». No sé, tío, deben de pensarse que son muy educados aguantándose las ganas de partirte la cara a cambio de *un leuro pal metro,* un *piti* o un iPhone X.

Lo malo es que Paul decide ser el primer maleducado.

—¡¿Pero qué mierdas dices, Pringao?!

Y le endiña una leche.

Sí.

Paul al cani.

Tal cual.

Y vaya careto se me queda, colega. Más o menos como el que ves ahí al lado. Todos sabemos que yo soy mucho más guapo, pero bueno.

Por un segundo me quedo de piedra y pienso en salir corriendo, pero no voy a dejar a mi amigo en ese percal; no soy tan capullo. Veo cómo el Primo #1 da dos pasos hacia atrás y se le ponen los ojos brillantísimos, como si estuviera a punto de llorar. Es obvio que le ha hecho daño. No sé si más a su jeto o a su orgullo. Pero esos dos pasos los aprovecha para coger carrerilla y le endiña un puñetazo a Paul que lo tira al suelo. Literal.

Y sé que el siguiente soy yo.

—Madre mía, ¿dónde está la chancla cuando hace falta?

—¿Qué dicesh, anormal?

No sé qué digo ni tampoco lo que hago: me quito una zapatilla y se la tiro a la cara, pero el tío la esquiva y se abalanza sobre mí.

O corro o estoy perdido.

Así que **Corro**.

Y Corro.

Pero el cani, aparte de cani, ~~es listo~~ no es tonto; debió de coger la zapatilla que le tiré, porque de golpe tropiezo con algo que me tira a los pies y me como el suelo.

Intento levantarme, pero el tío se me tira encima y me inmoviliza. Me da la vuelta, me mete un puñetazo y, sí, lo que vi en su bolsillo es una navaja, porque de repente la tengo en el cuello.

—**¡¡Dame ese aifons YA, morito!!**

Y pensaréis: «Jo, macho, plántale cara, dale una patada en los huevos»; y sí, lo de la patada habría sido una idea genial, pero cuando tienes una navaja en la garganta y un colgado amenazándote encima de ti, pues no tienes ideas geniales.

Le doy el iPhone. Qué remedio. Y se va. Qué alivio.

Y bueno; ahora, si vas a esa calle exacta, verás la marca de mis dientes en las baldosas y el lugar exacto donde perdí un iPhone X y la posibilidad de vivir la mejor historia de mi jodida vida.

Game over, hermano.

Capítulo 2-B
UN MÓVIL AJENO Y UNA MADRE CABREADA

—**Hermano, ¿seguro que estás bien?** Estás mazo blanco —me dice Paul al llegar a la barra.

Echo un trago de mi Coca-Cola (de lo que queda, **porque casi se la ha bebido toda él**) y le digo:

—Sí, sí... Es solo que... Joder, ni te imaginas lo que he echado ahí dentro... —me río.

Pone cara de asco inmediatamente.

—A ver, a ver, colega, no quiero detalles, que me acabo de zampar las bravas porque tú no salías de ahí.

—¡Joder, Mohammed! —oigo gritar a Josema; siempre me llama así de cachondeo—. **Vaya olorcito has dejado, macho.**

—Josema, tío, no tiene que enterarse todo el bar —me vuelvo a reír. No sé por qué, pero hoy parece que todos los chistes van a girar alrededor de mi diarrea. Algo bueno tenía que salirme del culo, ¿no?

Pero Paul pone mala cara. ¡Qué finolis es cuando le da la gana, el cabrón!

—Va, relaja, ya paro con mis mierdas. —Jeje, él no lo pilla, pero seguro que vosotros sí—. **¿Pedimos otra ronda?**

—Yo estoy lleno, macho.

—¡Vaya nenaza! Bueno, pues seguimos grabando, ¿no?

Pagamos y, a modo de despedida, Josema nos manda a tomar por culo. **¡Qué majo!** Cuando salimos, un cani que hay en la puerta nos pide fuego. Al principio me acojono un poco, para qué engañaros, pero al final resulta que solo quiere que le encendamos el piti.

Luego volvemos a la calle donde estábamos antes. Me vuelvo a poner la bata y esas tonterías, pero cuando intentamos grabar, Paul me dice que está ya demasiado oscuro y no se ve bien la imagen. Así que nada, recogemos las cosas y para casa.

Los problemas llegan cuando abro la puerta: algo choca contra el marco apenas meto la cabeza y me pego el susto de mi vida. No es nada que se haya caído, ninguna de las fotos de cuando mis hermanos y yo éramos pequeños, que están colgadas en el recibidor y de las que mis colegas se cachondean cuando vienen a casa. **¡ES ALGO QUE ME HAN TIRADO!**

—¿Dónde has istado?

—Mamá, yo...

—**No mi dijiste que ti ibas a pasar la tarde fuera**, *habibi.*

—Ya, pero...

—Ni peros **ni Baklavas**.

En realidad, con mi familia hablo marroquí, pero os hago traducción simultánea. El acento es una licencia que os hago. Así que lo de los *baklavas* tomáoslo como una adaptación del «ni peros ni peras», ¿vale? Para que luego digan que los youtubers no sabemos escribir. ¡Chupaos esa!

—Pero es que…

Y **ahí va**, ahí va la otra chancla que estaba amenazante en su mano. Me da en el pecho y, te lo juro, **me deja sin aire** durante dos segundos. Lo único bueno es que ha quedado desarmada. Lo malo es que me va a tocar tener que aguantar la chapa.

—**¡¡TÚ no sabis lo preocupada quistaba, Hamza!!** ¡¡Un montón de horas sin saber de ti, qui ya tindrías que haber llegado a casa!! ¡¡Y ni una llamada ni un nada!! ¡¡Y estabas castigado!!

—Mamá, que el castigo acabó la semana pasada, no me des la lata, eh.

—¡¡No mi repliques!!

—¡Joder!

—¡¡Una palabrota más y te quedas sin cuscús!!

—¿¿Otra vez cuscús?? ¡Si me he cagado por su culpa!

Sé que la he cagado —¡y ya van dos veces esta tarde, pero de forma distinta!— en cuanto oigo el grito ahogado de mi madre, como un gemido. Si hicieran telenovelas en Marruecos, mi madre sería la protagonista de todas ellas.

—¿¿Que mi cuscús ti hiso daño en la tripa?? ¿Cómo puides disirme eso, Hamza? ¿Hago el mejor cuscús de isti lado del Miditerránio y ti hase daño?

Se produce un breve silencio porque no sé qué decir y porque, de verdad, colega, el drama que está montando me ha pillado en bragas. Error mío; porque entre eso y la cara que debo de estar poniendo, suelta la traca final:

—¿Quí has fumado?

—¿¿QUÉ??

—Has istado fumando, ¿verdad, Hamza? **Ayyy, ayyy, AAAAAYYYY QUÉ DESGRASIA UN HIJO DROGADICTOOOO.**

—Mamá, que no...

—¡¡Échame el aliento!! **¡¡Mírame a los ojos!!** ¡¡Ensíñame los bolsillos!!

Y lo hago todo, claro. Aún desarmada de chanclas, mi madre sigue acojonando una pasada. Todavía me podría fulminar con la mirada o echarme té moruno ardiendo hasta desintegrarme la cara.

Los ojos claros, por supuesto; solo podían estar rojos de las fuerzas que he hecho pa cagar. ¿El aliento? Con olor a Coca-Cola, como mucho. Los bolsillos...

Mierda.

Mierdamierdamierdamierdacolega.

El iPhone.

—¿Quí guardas ahí, *habibi*?

No respondo. ¿Qué mierdas voy a responder? Lo único que se me ocurre:

—Apuntes.

—**¿Apuntis?** —No se lo cree. Normal, hermano.

—Apuntes. De filosofía.

—De filosofía —repite.

—Dame la droga, Hamza.

¡¡Vaya fama tengo!!

—Mamaquetejuroquenoesdrogadeverdad.

—Ahora.

Y le doy el iPhone. ¿Qué voy a hacer si no? Si sigue pensando que es droga es capaz de llamar a la policía y aún tendríamos problemas con nuestros papeles. Como si lo estuviera viendo.

Pero vamos, que no sirve de mucho, tampoco, porque va y me dice:

—**¿Ahora iris un ladrón, Hamza?**

—Mamá, no, es mío, lo he comprado con el dinero del *partner*, yo...

—¡¡No mi mientas!! ¡¡Si fuera tuyo, por qué lo ocultarías!! **¡Ay, aaaay, AAAAAY, MI HIJO ES UN LADRÓÓÓN...!**

Ojalá alguien estuviera grabando esto porque da para un vídeo único, hermano. ¿O no? *Cuando Fatema piensa lo peor de ti*.

Así que confieso:

—**Mamá, relájate...** Que me lo he encontrado en el váter del bar del Josema. Lo iba a llevar mañana a la comisaría del barrio por si alguien lo reclama... —Esto es una mentira más grande que mi cagalera; en realidad pensaba descubrir cómo formatearlo y me lo iba a quedar yo, y el dinero del *partner*, para un reloj o para fiestas, qué sé yo.

El llanto de mi madre para como si nunca hubiera estado llorando. Lo que yo os digo: actriz de Óscar, macho.

—¿Sí? ¡Oh, qué buen hijo tingo! ¡Ya sabía qui no podías ser un ladrón! ¿Y por qué no si lo dijaste a Josema?

—Porque se lo quedaría él...

—¡Oh, mi *habibi*! Mañana te acompaño a comisaría, no si vayan a pensar que eres un ladrón arrepentido.

—Sí, mamá...

Y adiós al iPhone.

Game over, Colega.

CAPÍTULO 4
NOVILLOS O NO NOVILLOS

Enseguida descubrí lo que hacía falta para volver a mi apariencia normal: gritar **«KITIPASA, HABIBI»**. Y fue de casualidad, te lo juro.

Paul y yo ya estábamos volviendo a casa, y yo iba con las pintas de Abdulman por la calle, haciendo el canelo para que la gente no se pensara nada raro. Nada raro, aparte de lo que ya tiene de por sí ir vestido de superhéroe por la calle con tu amigo grabándote.

—¡Pero quítatelo, colega! —me decía partiéndose el culo de risa.

—Pero a ver, tío, ¿de verdad crees que voy con esto por gusto? —me pegaba la risa y era un no parar; un círculo vicioso, vaya.

—¿Y ahora qué? ¿Eres un superhéroe?

—¡¡Abdulman!!

—¿A lo mejor tienes que decir unas palabras mágicas para quitártelo?

Y así empezamos. Primero con cosas serias, que si «Disfraz, fuera», «Traje, acabó la misión» y mierdas así, y luego comencé a hacer el imbécil, para qué negarlo, y empecé que si «Los papeles» o «*Durum* solo carni, perfavor» o, con voz de Fatema, «¿Kitipasa, *habibi*?», y de golpe todo el traje se replegó sobre sí mismo, entró en el iPhone y el teléfono fue directo a mis manos.

—Macho, esto es magia o algo —dijo Paul.

—Tenemos que investigarlo —decidí—. Pero, de momento, no le digas nada a nadie. Ni a Asier ni a Joaquín **ni a nadie**.

—Vale, vale, colega, no te preocupes.

Así que de esa guisa nos fuimos cada uno a su casa. Eso sí, al abrir la puerta, ya me encontré con problemas: **un lanzamiento de chancla de 10/10 puntos según el jurado olímpico de lanzamiento de calzado**. Por suerte, no me dio, colega. Y, por supuesto, había sido mi madre.

Estaba cabreadísima por no haberla avisado de que llegaría «tarde» (¡ni habían empezado a cenar aún!), pero por suerte conseguí escaquearme con una movida de que había estado estudiando con Paul para un examen de mañana y no sé qué. Y coló. Coló como nunca había colado ninguna excusa. **¿Iría incluido en los superpoderes la capacidad de librarse?**

Sea como sea, cuando me despierto me pienso que todo ha sido un sueño. ¡Porque vaya locura, hermano!, ¿o no? Pero enseguida noto el iPhone debajo de mi almohada y sé que todo es real.

Me levanto de la cama en gayumbos y me rasco el culo. ¿Y qué hago? Tengo:

- **Un móvil que me transforma en superhéroe.**
- **Clase en una hora.**

La vida es muy injusta, tronco. ¿No me lo podía haber encontrado en vacaciones? El curso acaba en un mes y los finales los tengo casi encima. Joder, es que si ya iba a catear alguna, ahora tengo un billete de ida a septiembre subido en el Kibabmóvil.

Me doy un par de tortas en la cara para poner un poco de orden en mi cabeza y opto por empezar dándome una duchita rápida. Me despejo, me calmo y decido qué hacer. Es que, loco, ¿qué haríais en una situación así?

Me paso la clase por el forro y convenzo a Paul para hacer locurotes con el disfraz → sigue leyendo esta página.

Mantengo la calma y voy a clase. Ya habrá tiempo de pensar en ser un superhéroe → salta a la página... Buah, colega, no pienso ser tan aburrido, sigue leyendo.

Claro que sí, colega: ¡mandarlo todo a tomar por culo! Al menos por un día. Soy un superhéroe con dos cojones, ¿y me voy a pasar el día metido en clase? No me huele bien ese plan.

La ducha no solo me despeja, sino que me anima. ¡Vaya subidón me ha dado! Apenas salgo, con la toalla atada a la cintura y mi hermana gritándome que le deje libre ya el baño (¡menuda plasta!), ya estoy con el móvil en la oreja llamando a Paul (con mi móvil, no con el iPhone de los superhéroes).

—¡**Paul, tío! Hoy: movida.**

—No, macho. Hoy: examen de latín.

—**Eres un aguafiestas.** ¿De verdad no quieres conocer los secretos de Abdulman?

No respondió.

—¿No quieres ser Kibab-Boy?

—**Qué cabrón eres...** —Más silencio—. ¿Dónde quedamos?

Hago un gesto de victoria y empiezo a vestirme con una sola mano. Quedamos en un bar que hay en dirección contraria al insti, pero al que se tarda lo mismo en llegar. Estaremos lejos de gente que nos pueda reconocer, controlaremos bien el tiempo, las distancias y la hora de volver.

Sí, soy un genio de hacer novillos. ¿Os sorprende?

Cuando estoy listo, salgo de casa con la mochila al hombro (¡mi salida tiene que ser creíble!), y antes de cerrar la puerta mi madre me grita que la avise si me quedo estudiando «como ayer».

Veinte minutos más tarde estoy desayunando en el bar con Paul.

—¿Cuál es el plan? —me pregunta, muy serio.

—Hacer el loco —le digo.

—Pero concreta, macho.

—¿Qué quieres que concrete?

—¡Lo de hacer el loco!

—Paul, no se concreta «hacer el loco». **Se hace**.

—...

—Me voy a saltar el eje, Paul.

—No, el eje no, te lo suplico. —No lo ha acabado de decir y ya nos estamos riendo a carcajadas.

—Bueno, bueno... En verdad mi idea es que aprendamos bien cómo funciona esto y, sobre todo, de dónde mierdas ha salido —le explico.

Él asiente mientras se acaba las porras y el chocolate. Insistió en comer. Yo le he seguido, la verdad, pero mis churros me los he acabado hace media hora.

—¿Y bien?

—¿Y bien qué? —me dice.

—Que por dónde empezamos.

—Yo qué sé, colega, eres tú el del teléfono mágico.

—Ok, ok. ¿Lo chafardeamos? —Asiente otra vez—. Bueno, espera, ¿mejor salimos fuera, ¿no? A un parque o algo, no me vaya a transformar aquí dentro sin querer.

Salimos del bar cagando leches, pero no las mismas que ayer, y en cinco minutos estamos ya en un parque lleno de madres con sus hijos en los cochecitos, marujas intentando hacer *running* con *leggins* muy estrechos y chihuahuas muy nerviosos. Vaya estampa; apenas se nota que nos estamos fumando todas las clases, ¿sabes, hermano?

Sentados entre unos arbustos, empezamos a mirar con cuidadito todas las aplicaciones que tiene el teléfono: que si el Insta, el Twitter, Facebook, Badoo, YouTube, Tinder... pero ninguna tiene una sesión iniciada.

De hecho, la única que parece funcionar es la de Kitipasa, pero no la pulso. **No aún...**

—**¿Oye, y Siri?**

—¿Qué le pasa a Siri? —le pregunto.

—Que no la hemos probado.

—¿Y cuando me quité el supertraje? Quizá era Siri.

—¿Siri es *habibi*?

—Pruébalo.

Me encojo de hombros. **¿Qué malo puede pasar por probarlo?**

Capítulo 5
UN GRAN IPHONE CONLLEVA UNA GRAN RESPONSABILIDAD

De todas las cosas que podían salir en el móvil (una cuenta bancaria ajena, un supertraje... incluso porno), un holograma de mí mismo vestido con albornoz es lo último que me esperaba. Porque, te lo juro, eso es un albornoz. Yo, en holograma, vestido con un albornoz.

Y espera, que se pone a hablar:

—**¡Hamza!**

—Me cago en mi vida, tío —susurra Paul. Lo mando callar.

—Yo soy tú, y tú eres yo —continúa el holograma—; pero de realidades distintas. De lo que a vosotros os gusta llamar «universos paralelos».

—¿Qué te has fumado, tío? —interrumpe Paul **OTRA VEZ.**

—Que no soy yo, colega.

—Tú me estás tomando el pelo.

—Sí, he creado un jodido holograma para quedarme contigo. ¡Deja hablar a mi yo holograma! —Y le doy una colleja.

—... peligros. Sí, Hamza, has oído bien, y te lo repito porque, si el Paul de tu universo es tan bocazas como el del mío, no habrás oído nada: sobre tu Carabanchel se ciernen muchos peligros. Y tú eres el único capaz de detenerlos con la ayuda de mi tecnología superheroica.

Pues no sé quién lo lleva más claro: si él o mi Carabanchel.

—Pues lo lleva claro —suelta Paul, y le arreo otra colleja.

—Sé que te parecerá una misión imposible, pero debes confiar en mi poder y en tus capacidades. El mal está al acecho; pueden verse afectados tus amigos y tu familia. Y solo tú puedes salvar el barrio.

»Yo lo haría por ti, pero sería romper una de las Tres Reglas Supermorunas que tú también, ahora en posesión del supertraje, debes respetar:

»*ONE!* No te transformarás en presencia de gente que no conoce tu identidad secreta de superhéroe.

—¿Hemos roto ya esa regla? —pregunta Paul. Otra colleja.

—*TWO!* No te dejarás ver en persona por el Hamza del otro mundo, ni actuarás en su territorio.

—Vaya marrón me está pasando, hermano.

—*THREE!* DALE. No te pondrás el supertraje para hacer el indio ni para grabar videos.

»Y recuerda, Hamza. Un gran iPhone conlleva una gran responsabilidad. Confío en ti. Si tienes cualquier duda, Habibi te ayudará. **¡Kitipasa, colega!**

Y el holograma se esfuma haciendo un Kitipasa con la mano.

Durante unos segundos, nos quedamos completamente callados (debe de ser la primera vez en nuestra vida que nos pasa, la verdad) y mirando fijamente el móvil. Hasta que Paul rompe el silencio.

—Tío, ¿y qué vas a hacer?

No respondo. No aún, joder. No es una pregunta fácil. No me está preguntando si nos vamos de fiesta o no (y la respuesta siempre es sí).

—¿Vas a salvar el mundo?

Decido ser responsable y acato las Tres Reglas Supermorunas → sigue en la página siguiente.

Me pongo a «hacer el indio», como dice el Hamza aburrido → salta a la página 39.

¿De verdad? ¿Ser responsable? ¿Y aburrirme? Anda, anda. Parece mentira.

—Claro que voy a salvar el mundo. Pero a mi manera, colega. ¿Qué es eso de las Tres Reglas?

Paul se ríe y comenta:

—Hombre, no sé; si te lo ha dicho, será por algo...

—Bah, ¿qué va a pasar? Es más, Paul, ¿¿desde cuándo nos importa lo que pueda pasar?? Tío, te lo juro, tenemos un supertraje y un móvil casi mágico, es la oportunidad perfecta de hacer más locuras que nunca. Quizá podemos grabar cosas increíbles: me tapo el traje con una bata y me pongo una peluca, esa rubia que tengo, ¿sabes?, y la liamos, hago unos supersaltos o algo. Estamos en el número uno de tendencias en tres minutos, palabra.

—Bueeeno, visto así...

—¿Cómo que «visto así»? ¿Qué es eso, colega? **¡¡TE QUIERO ANIMADO!!**

—Que sí, que vamos.

—**¡¡A HACER LOCURAAAAAAS!!**

Y por fin, se levanta y grita:

—**LOCUROTEEEEEEEEES.**

Y todo el parque se vuelve a mirarlo, con los ojos como platos. Un bebé se pone a llorar y todo. Vaya cuadro, hermano.

—Anda, mejor nos vamos a otro parque —le digo, y salimos de allí corriendo. Menos mal que las marujas solo están por sus cotilleos y no por superpoderes inesperados.

Para continuar con la historia → pasa a la página 40.

¿Cansado de leer? → Métete en Insta, que seguro que he subido vídeo. ¡Comenta con el emoji del *durum*!

¡¡¡HAS SIDO TROLEADO!!!

COMPRA ALGÚN ARTÍCULO EN WWW.KITIPASASHOP.COM

GORRAS-POLOS
CAMISETAS-SUDADERAS

Si vienes de la página 19 → ve ahora a la página 20.
Si vienes de la página 37 → sigue la historia en la página 38.

Capítulo 6-A
EL SALTO DE FATEMA

En quince minutos de bus estamos en el descampado del Colgao, cuyo nombre viene, evidentemente, por Ramon El Colgao, que siempre anda por ahí. Es, para que nos entendamos, el sitio donde vamos a liarla entre semana, sobre todo en invierno; que sí, que hace un frío que flipas, pero a las seis de la tarde ya es de noche y nadie nos ve. Para vernos entre nosotros usamos el flash del móvil o la misma pantalla, encendida siempre para poner buena música.

Pero ese no es el tema por el que hemos venido al Colgao. Por lo menos, hoy no. La cosa es que es un descampado con algunos desniveles to guapos; de hecho, algunos de los *skaters* más colgaos de Carabanchel también venían aquí, pero a hacer el indio (como diría el Hamza del Otro Mundo).

El problema es que, claro, con todas las piedrecillas que hay en el descampado, se pegan unas hostias de campeonato. Eliot se rajó la frente hace dos meses. Por suerte, lo que pasa en el Colgao se queda en el Colgao: nadie dijo que se la había rajado aquí, sino en la plaza del Sol. Nadie querría que una madre plasta hiciera que el ayuntamiento acordonara el solar.

Eso sí: los *skaters* aprendieron la lección y ahora solo hacen piruetas en los edificios a medio construir, donde el suelo está adoquinado y hay escalones y barandillas para dar saltitos con los *skates*.

Y ahí es donde vamos. Antes de la crisis (tranquis, no me voy a poner como si fuera un telediario), aquí empezaron a construir un par de bloques de pisos. Iba a ser una urbanización para «gente humilde», para que los políticos pudiesen echarse una foto y esas cosas, pero se quedó en un edificio hueco como una cáscara de nuez, y otro con solo dos pisos construidos.

Y vamos al de dos, que por mucho supertraje que tenga, mejor no me arriesgo a rajarme la frente o la cabeza entera.

—Así que tu superlocura es saltar desde un segundo piso —me dice Paul, riéndose de mí.

—No seas capullo. Es un tercero.

—¿Ah, sí?

—Sí, ¿no ves que eso es un entresuelo? —le señalo el edificio. A diferencia del bloque hueco, a este no le construyeron la fachada. Después de un corto silencio, le digo—: Tírate tú de un tercer piso a ver si tienes huevos.

—Va, no te piques y ponte el traje.

Un poco cabreado, porque parece que estoy cumpliendo sus órdenes, me saco el iPhone y lo desbloqueo.

—Porque quiero, eh, no porque me lo digas tú... —aclaro.

Cojo y pulso en la app del Kitipasa. Reconocimiento facial y... luz cegadora. ¿Me parece oír musiquita moruna? ¿Y qué verán los demás cuando me transformo? **¿Rayos cegadores?** ¿Una explosión típica de James Bond? Ojalá lo de los rayos, me fliparía, con sus truenos y todos. Anda que no, colega. La luz es tan intensa que cierro los ojos, y cuando los abro ya tengo todo el ~~disfraz, perdón,~~ supertraje puesto: las botas, los guantes, el antifaz y el Kibabphone en el pecho, con el logo brillando a toda hostia. ¿Le podré bajar la luz? Y Paul, donde antes, con la boca abierta.

—Te van a entrar moscas, colega —le digo.

—Macho, ojalá me hubiera dado a mí la diarrea... Pero bueno, ¿qué piensas hacer?

Voy a por todas y me subo a lo alto del edificio hueco → ve a la página 51.

Me subo al tercer piso, como dije → sigue leyendo.

Me río, porque es típico de Paul decir algo así. Ayer le daba asco mi cagalera y hoy habría querido tenerla.

—Voy dar un megasalto desde ahí. Así vemos si me rompo las piernas o si el supertraje incluye superpoderes. Pero antes de subirme debería hacer una cosa.

—Bueno, colega, ¿sabes que le has hablado al aire, no?

—Tú calla. Voy a subir y me tiro, ¿vale? Digo, que salto.

—Madre mía, que se mata Hamza...

—¡Calla ya, que das mala vibra! —le grito mientras subo las escaleras.

Pero es verdad, madre mía, en la que me he metido yo solo. Escalón tras escalón, me van temblando las piernas, aunque nunca lo reconocería. A ver, tengo un supertraje, no me pasará nada, fijo. Quiero decir, el jodido traje ha salido de un iPhone mágico, con una aplicación mágica y un holograma mágico. Quizá no es todo mágico y es solo ciencia, pero eso me tiene que salvar igual. El traje parará la caída. **FIJO.**

Eso voy pensando hasta que llego arriba del todo. Me asomo al borde de lo que iba a ser un balcón y veo a Paul ahí abajo. El tío me saluda. Joder. Bueno, a ver, calma, échale huevos, Hamza. Respira, respira... Y salta.

Y salto.

Y cuando aterrizo... pierdo el equilibrio y caigo redondo.

—¡¡AAAAAAAAAAA—AAAAAHHHHHHH—HHHHGH!!

Capítulo 7

BROMA PESADA A PAUL. *SPOILER*: SALE DPM!!

—¡¡Hamza, tío!! ¡¡Hamza!! Es que lo sabía. **¿¿Estás bien??**

Sigo gritando un rato más, pero ya no me aguanto la risa. Estoy bien. No noto nada. Ni dolor, ni rigidez... Ha sido como si saltara un escalón. Tal cual. Solo perdí el equilibrio al llegar y decidí tomarle el pelo a Paul. Todo sea por ver su cara de pánico. Vaya, que sí, que he VOLADO.

Paul me pega un puñetazo en el brazo y me llama de todo. No se lo tengo muy en cuenta, porque al fin y al cabo he fingido mi muerte entre terribles sufrimientos delante de su jeto. Eso sí, me pican tanto los golpes que me está soltando (sí, lo admito) que le devuelvo más de uno. Que si no me ha matado el salto, no me va a matar él.

—Pero... ¿cómo lo has hecho? —exclama riéndose. La histeria del principio y los puñetazos han ido llevando a un ataque de risa, mezclada con la emoción y los nervios que han provocado el momento épico.

—¡Ni idea, hermano! **¡¡PERO QUÉ PASADA!!**

—¡Estás como una cabra!

—¡Estoy imparable! **¡¡VOY A HACERLO OTRA VEZ!!**

Y otra, y otra, y otra... No sé cuántas veces salto, la verdad. Las suficientes para creernos que esto está pasando, que puedo saltar desde un tercer piso sin hacerme un rasguño. Me estoy flipando tanto que ya me salen hasta piruetas en el aire.

—¿Y de qué puede ir el vídeo?

—Yo qué sé, tío, lo épico ya lo tenemos, que es el salto. Podría titularse *Cuando intentas huir del chancletazo de tu madre*, y hacemos que voy huyendo por el barrio y acabamos en el Colgao, me creo que estoy a salvo y pam, salta Fatema con la chancla desde ahí y me la tira al vuelo.

Se parte de risa.

—Tus seguidores van a flipar.

—Lo que sea por ellos, colega.

—Pero ¿cómo puedes saltar sin hacerte daño?

—Ni idea. —Me encojo de hombros—. Quizá es cosa de las botas, que amortiguan el golpe o...

—Las botas, así como todo el traje, están diseñadas para amortiguar caídas, golpes y otros ataques. El tejido atrapa y retiene las ondas del impacto y las transforma en energía que carga el dispositivo de transformación.

Pegamos un bote que casi llegamos al tercer piso. ¿Quién coño ha hablado? Es una voz casi metálica, como si saliera de un altavoz. El susto solo dura tres segundos, porque caigo en la cuenta enseguida.

—¡¡Habibi, habla!! —exclamo, y la cara de Paul, que era de terror absoluto pasa a relajarse de golpe. A veces es un cagado.

—Entonces ¿le podemos hacer preguntas?

De golpe me ruge el estómago. **Joder, qué hambre.**

—Habibi, ¿qué hora es?

—La una y media, Hamza.

—¡¿Tan tarde es ya?! —grito.

—¡¿Le preguntas por la hora en lugar de por tus poderes, idiota?! —dice Paul.

—A ver, colega, tengo un hambre que flipas, así que primero lo importante: jalar. Luego ya le preguntamos por el traje.

—¡Habibi!, ¿cuál es la altura máxima desde la que puede saltar Abdulman?

Pero Habibi no hace ni caso a Paul. Silencio absoluto.

—Debe estar entrenada para reconocer solo mi voz.

—Pues pregúntale tú, va.

—Habibi, ¿dónde está el *dönner* más cercano? Tenemos hambre.

—Tienes dos *dönners* muy cerca de ti. ¿Quieres que te calcule la ruta?

—¡¡Tío!! —se queja Paul.

—Te lo he dicho. Lo primero es lo primero. Tenemos toda la tarde para seguir investigando, así que no te rayes. Habibi, ¿cuál es el *dönner* más cercano de los dos cercanos?

—Calculando ruta.

—Muy bien, Habibi. —Y me quito el traje, no vaya a ser que los del *dönner* se piensen que mis nunchakus son *durums* que he robado de su local. Eh, ahora que lo pienso…, ¿el Hamza del otro mundo entrenará con un rodillo de carne en barra de cordero como saco de boxeo? Ok, ok, perdonad por el chiste malo, colegas.

Una vez fuera el traje, recogemos nuestras cosas y empezamos a seguir las indicaciones de Habibi. El pesao de Paul no deja de intentar preguntarle cosas sobre los superpoderes: que si telas de araña, que si inmoralidad, que si rayos láser y más frikadas de ese estilo. No le tenía por tan loco de los cómics, la verdad. En unos diez minutos ya estamos en el *dönner*, y oigo claramente cómo le rugen las tripas. Y se quería andar con preguntitas sobre los poderes. Sin comentarios.

Nos pedimos dos menús de *durum* y la espera casi nos hace saltar el mostrador y comernos directamente la carne en barra. Cuando nos sirven, no dejamos ni el papel de aluminio. El tío nos ha pringado las patatas de salsa blanca y ahora tenemos las manos pegajosas; le planto una a Paul en la cara y la aparta dándome un manotazo.

—Tío, no pienso tocar el iPhone con estas manos, eh. *Habibi responde* tendrá que esperar.

—Va, colega, un poquitito solo, va.

—No, no, no. Pero, eh, se me ocurre una cosa, chaval. ¿Sabes quién sabe un montón de superhéroes?

—Yo qué sé, **¿EDU, el friki De clase?**

—No, joder, el Isma, Wismichu. Que hizo un cómic el tío. Debe saber mazo. ¿Y si le llamo y se lo contamos todo? Quizá me da consejos.

Así que cojo mi móvil y marco. Antes de que lo coja pongo el altavoz, y cuando me saluda, le digo:

No, os estoy vacilando. No soy tan simple, ¿vale? Que ya la peña se piensa que solo hago las mismas bromas. Le digo:

Bueno, no le digo «esto»; le cuento toda la movida. Pero como ya os sabéis todo el movidón, pues tampoco me voy a repetir, ¿no? Que si la diarrea, que si el cani, que si el Holograma Jedi y el salto de Fatema. Fin. El *dönner* está vacío y los dueños apenas entienden el español, así que no me preocupa que nos escuchen.

ASÍ QUE ¿ABDULMAN?
¿SOLO TE QUEDAS CON ESO, BROTHER?
ES QUE ES UN NOMBRE RIDÍCULO, EH.
BUENO, BUENO, ¿Y EN QUÉ QUIERES QUE TE AYUDE?
LOL
ESPERA, ESPERA. ¿Y TE QUEDAS TAN ANCHO? ¿DE VERDAD TE LO CREES, COLEGA? ¿NO PIENSAS NI QUE SEA UNA COÑA Y QUE ESTAMOS GRABANDO?
SI ESTÁIS GRABANDO, MEJOR, PORQUE PARECERÁ QUE ME ESTOY QUEDANDO CON VOSOTROS Y QUE NO ME TRAGO LA BOLA. PERO ES QUE, TRONCOS...
NO SABÉIS LAS LOCURAS QUE HE VIVIDO YO CON MI CÓMIC.
EN LA EDITORIAL, TIENEN UNA ESPECIE DE HABITACIÓN QUE DICEN QUE ES DONDE GUARDAN CD Y TODA ESA MIERDA, PERO NO...
ES UN PORTAL A OTRAS DIMENSIONES.
DE AHÍ SE SACAN TODAS LAS HISTORIAS. TIRAN AHÍ A LOS AUTORES Y HALA, A VIVIR AVENTURAS. Y LUEGO LOS ENCIERRAN EN UNA CASA EN VILLAVICIOSA DE LA SIERRA A ESCRIBIR.
PUEDE QUE EL HAMZA OSCURO SE HAYA ESCAPADO Y TE HAYA DEJADO A TI EL MARRÓN DE SUS SUPERPODERES...

—Pero bueno, si estás metido en este berenjenal, no sufras. Ahora mismo me pillo un AVE y me planto en Madrid.

—Gracias, hermano, pero no hace falta que te dejes la pasta, si...

—Que no, tío, ¿no ves que según toda la prensa española estoy forrao con el *partner*?

Y cuelga.

—Pues nada, que Wismichu nos va a hacer un cameo bien grande —le digo a Paul.

Para seguir con la historia → pasa a la página 55.

Capítulo 6-B
LA HOSTIA DE FATEMA

Me río, porque es típico de Paul decir algo así. Ayer le daba asco mi cagalera, se ponía blanco solo de pensar lo que había soltado en el váter, y hoy habría querido tenerla él. Pero en fin.

—¿Pues sabes qué? Con tres cojones, me voy a subir a lo alto del edificio medio acabado.

—**¿QUÉ?** —Pone los ojos como dos balones y, te lo juro, hermano, se le desencaja la mandíbula—. Tío, colega, te vas a matar.

—**¡Qué va! ¿No ves que tengo esto?** —le digo señalándome el iPhone.

Él pone mala cara, pero a pesar de ello el arrebato de valor me empuja a salir corriendo hacia el bloque de pisos y a subir unas cuantas plantas. No es hasta la tercera que miro abajo y me empiezan a temblar las piernas. Joder. **En menuda me estoy metiendo.**

¿Y si Paul tiene razón? ¿Y si me mato?

No creo. **NO.**

Qué va, qué me voy a matar, no nos flipemos, colega. No conozco ningún superhéroe que se haya matado. Claro que ninguno de ellos ha saltado desde un octavo piso... Ok, ok, Spiderman saltaba de un rascacielos a otro, pero con sus telas de araña... «El hombre que araña», recuerdo. Joder, Hamza, céntrate, que ya llegas a la cima, digo, al último piso.

A ver.

Calma, hermano.

Calma, que aquí estoy, arriba de todo. Ni veo a Paul. ¿Dónde...? Ah, ahí está. Creo que el flipao se está tapando los ojos con las manos o está haciendo un *facepalm*. Que tranqui, colega, intento gritarle, pero no me sale la voz del culo.

Joder.

—**Venga, allá voy.**

Y pego el salto.

Y qué caída más larga, tío. Creo que me quedo dormido y me da tiempo a soñar y todo.

Vale.

Lo reconozco.

Me cago de miedo. Pero total. Voy cogiendo velocidad conforme caigo y cada vez el suelo está más y más cerca. Por fin entiendo los exámenes de física que cateaba. El problema viene cuando doy una vuelta en el aire y empiezo a caer cabeza abajo. Y no sé, tío, que me entra el pánico. No quiero reventarme la cabeza contra el suelo como un melón, así que empiezo a agitarme para intentar darme la vuelta. Pero no me sale, joder.

Ya me veo las noticias en Twitter: «Muere Hamza Zaidi en el Colgao tras caer desde un octavo piso. Se rumorea que su amigo Paul Ferrer lo empujó».

Paul en la cárcel por mi culpa. Si no fuera por la caída, me estaría partiendo los cojones.

No sé cómo, me doy la vuelta, pero el suelo ya está supercerca y bueno.

Oigo dos crujidos y luego me oigo gritar a mí.

—¡Hamza!

¡¡AAAAAAAAAAAAAAAAHHHHHHHHHHHGH!!

Paul viene corriendo hacia mí, pero apenas me doy cuenta. El dolor me ciega. Es insoportable. **Joderjoderjoder**. **Joder**. Me cago en mi vida. Me cago en el Abdulman y en el iPhone de los cojones. Te lo juro. Joder, cuánto taco, hostia, pero a ver, rómpete tú una pierna a ver cómo reaccionas.

Espera. ¿Es una pierna? ¿Son las dos? Bueno... Si noto dolor es bueno, ¿no? Quiero decir, si estuviera paralítico, no lo sentiría, ¿no? ¿O primero me duele la vida entera y luego ya me quedo inválido?

—Hostias, colega, tienes la pierna doblada.

—¿Solo la pierna? ¿Doblada? —intento preguntar, pero solo me salen gruñidos. Me doy cuenta de que el traje me ha desaparecido y que vuelvo a estar con mi ropa.

—Sí, doblada, pero al revés, o sea..., al revés, tío. Madre mía, madre mía qué movida. Voy a llamar a urgencias o algo, o qué sé yo. Si es que te lo he dicho...

Miro a mi alrededor, pero el dolor apenas me deja ver nada. Espero que la ambulancia traiga calmantes. Cuando llegan, Paul les dice que me he caído del edificio, del segundo piso, y entonces pienso que no me van a dar calmantes en mi vida por gilipollas.

El trayecto al hospital se me hace demasiado largo. Dicen algo de avisar a mis padres y grito más que cuando me he tirado. Si la hostia que me he comido yo solito por imbécil ya me ha dolido, no quiero ni imaginarme el chancletazo de mi madre.

Vuelvo a gruñir de dolor.

Vaya cuadro de ambulancia, te lo juro.

Una vez en el box, Paul me enseña el iPhone. Tiene la pantalla completamente partida. De hecho, la fractura se parece a la que hay en mi pierna y que el médico nos enseña mediante la radiografía. Adiós a las locuras, a las aventuras, a ser un superhéroe.

Pero para fractura la de mis oídos cuando oigo los gritos de mi madre.

—**¡AY, HAMZA! ¡AY, HAMZA!**

Me pienso que está aquí al lado, que va a entrar en cero coma, pero no. Tarda como dos minutos. Cuando te mueres de dolor y ya te han inyectado los calmantes, el tiempo se vuelve aún más raro que cuando estás en clase y los minutos parecen horas, y las horas, días.

—**NINIO LOCO, SE PUEDE SABER QUÉ HAS HECHO.**

La que me va a caer, hermano. Paul se aparta.

—**¿INTINTABAS MATARTE O QUÍ? SOLO TÚ PUEDES SER TAN ISTÚPIDO.**

Con el rabillo del ojo veo que Paul se aparta, se echa para atrás e intenta esconder una risilla. Menudo amigo. Pero justo entonces, como si el movimiento la hubiera avisado de su presencia, mi madre se vuelve y le arrea un manotazo.

—**¿Y TÚ CÓMO LI DEJAS HASER ALGO ASÍ?** —Otro golpe. Toma, por capullo, también hay para ti—. **TI CREÍA CON MIDIA NIURONA MÁS QUE MI HIJO.**

Menos mal que los calmantes me están dejando grogui.

—**¡¡Y INSIMA NOVILLOS!! VAS A PISAR LA CALLE SOLO PARA IR A CLASE.** —Y ahora se me acerca al oído y bien flojito me dice algo peor que todos los gritos—: Y ya virás la chancla cuando te dejen volver a casa.

Supongo que no hace falta decirlo.

Game over, Chaval.

Capítulo 8-A
CUANDO DESEO SER HIJO ÚNICO

¿Qué? ¿Os esperabais que Wismichu cogiera las riendas del libro? Por encima de mi cadáver. Esta es MI historia. Pero, bueno, lo que pasa es que por mucha pasta que ganes con el *partner* (JEJE, ya, claro), si no quedan asientos en el AVE, pues no quedan. **Y quien dice AVE, dice también avión.**

—Nada, tío, que ya nos vemos mañana. No sé qué pasa, debe haber una convención de mamonazos en Madrid y a mí no me quieren hoy ahí —me dice por teléfono un par de horas más tarde.

Y eso que esta vez es él el que quiere hacer la colaboración. **Hay que joderse.**

Después del *durum*, Paul y yo volvemos al Colgao y seguimos haciendo el idiota. No vuelvo a saltar, pero sí me dedico a dar puñetazos y patadas voladoras a las paredes. Empiezo a darme de hostias con el edificio y, la verdad, no me hago daño, pero tampoco es que deje un cráter en el muro de cemento. Vaya, que la fuerza es normal tirando a floja. **Qué bajón, macho.**

Cuando nos cansamos, pillamos las mochilas y nos piramos del descampado. Ya hemos tenido bastante por hoy. Además, hemos descubierto unas cuantas cosas del traje y los superpoderes y no quiero cagarla ahora por pasarme de listo.

Cuando llego a casa, no hay zapatilla contra el marco de la puerta ni gritos ni nada. De hecho, hay bastante silencio, excepto por la tele del salón y un chumba-chumba bastante flojo que debe venir de la habitación de mi hermano.

Jo-Der, quEsusto, colega.

—Yasser, tío, ¿qué coño haces?

—Avisarte de que no están. Lo que hace un buen hermano. Igual que no chivarse de que su hermanito se ha saltado las clases como un buen **COLGAO**.

Me pongo tenso. Pero que no se me note. A ver. Mente fría. Que lo de «colgao» no lo ha dicho con retintín, ¿no? Vamos, que ha sido una expresión. Mi hermano solo puede saber que he hecho novillos, es imposible que sepa nada del descampado del Colgao.

Sí, el plan está claro: disimula, disimula. Niégalo todo, Hamza, **NIÉGALO TODO.**

—¿Qué dices?

—**A mí no me engañas**, Hamza. Mi silencio serán cincuenta pavos.

—¿Cincuenta leuros por callarte unas pellas que *NO he hecho*? Tú estás flipado.

—El flipado eres tú, que ni te acuerdas que trabajo cerca del *dönner* donde has comido con Paul.

No tengo cincuenta pavos ahora, tío. Ya, es de risa. No tengo mucho dinero, pero sí un móvil mágico que proviene de otra dimensión. Menos mal que ya os habéis dejado la pasta en el libro, porque esta historia no tiene sentido, es una locura que ni el más avispado se inventaría, ¿eh? Bueno, tampoco tiene mucho sentido mi cabeza. ¿En qué estaba pensando cuando fui a comer ahí? Ni siquiera caí en el pequeño detalle sin importancia de que mi hermano me podía ver con solo volver la cabeza. Seré idiota.

Bah, basta de excusas. Afrontaré la verdad con tres cojones.

—Bueno, sí, lo admito. Pero, tío, no te puedo dar cincuenta pavos.

—¿Y el *partner*?

Ya sabía yo que tanta bromita me iba a salir cara, colega. Maldito karma. Y eso que soy musulmán, no hindú.

—Me lo he gastado en el *durum* que he comido, ¿vale? —miento. Me lo guardo para salir de fiesta e invertir en Kitipasashop, no es tan difícil de imaginar.

Mi hermano suelta un gruñido.

—Esperaré —me dice. O me promete. Quizá me amenaza. Quién sabe. Sea como sea, se vuelve a su habitación. Oigo que cierra la puerta y el chumba-chumba sube.

—**¡¡NO OIGO LA TELEEEEEE!!**

Es mi hermana, desde el salón, tumbada en el sofá. El chumba-chumba baja.

—Pero ¿por qué miras eso? Y no digas tacos.

—¿Y por qué haces novillos? Deja de hacer el loco en el Colgao.

Joder, mi hermano no es un chivato. Es EL chivato.

—A ver, Lina, ¿cuánta pasta quieres tú? —le pregunto mientras me dirijo hacia el sofá. Al final, con la tontería, tendré que cambiar la cuenta de ingresos y que Google les dé el dinero directamente a mis hermanos.

—Yo no quiero pasta, no soy tan básica.

—¿A qué te refieres? —le aparto los pies y me siento a su lado.

—Me refiero a que... la información es poder.

¿Alguien me explica desde cuándo mis hermanos son agentes de la CIA? Oímos que mis padres están abriendo la puerta y los dos pegamos un bote del sofá que casi rompemos el techo.

—Seré clara: sé más cosas que Yasser.

—Pero...

—Ya hemos lligado —anuncia mi padre.

Lina me lanza una mirada que significa claramente «Ahora no». Yo respondo que sí con la cabeza, que la he entendido, y me piro a mi habitación. Saludo a mis padres, pero liados con la compra como están, no me hacen mucho caso. Y menos mal, colega. Lo último que me hace falta ahora es mi madre preguntándome qué tal me han ido las clases. Con lo idiota que estoy hoy, seguro que acabaría confesando con solo sentir su mirada.

Me encierro en mi habitación y me pongo cómodo. Me quito las zapas y pongo el Kibabphone a buen resguardo. Luego escribo a mis colegas para que me digan si hay algún trabajo para mañana o algo. Que no es que vaya a hacerlo, pero odio poner cara de gilipollas cuando me entero en clase.

Por un segundo pienso que ojalá me hubiera partido una pierna y se me hubiera jodido el iPhone, porque vaya movida ahora con mis hermanos. Yasser aún, que para él solo he hecho novillos. Pero ¿Lina? ¿Qué sabe ella? ¿Cuánto sabe?

Mejor no me rayo más y ya lo pensaré mañana → sigue leyendo.

Esta noche intento averiguarlo → salta a la página 64.

Capítulo 9
EL PELIGRO SE CIERNE SOBRE ABDULMAN

Vamos a jugar a los *spoilers*, porque si os lo cuento todo desde mi punto de vista, esto se va a hacer muy pesado, ¿o no? Bueno, quizá no, pero yo me voy a aburrir muchísimo, colega.

Claro, yo todo esto que os voy a contar ahora no lo sabía mientras lo vivía, porque lo viví, pues por suerte a mí los de la editorial no me han metido en ningún zulo con brecha espacio-temporal. Así que os aseguro que pasó. Y si no pasó, debió de ser algo así como os lo cuento:

Un chaval esmirriao y con pintas de cani de barrio, mira hacia un lado y otro para asegurarse de que nadie le sigue y abre una puerta azul de metal. Es la típica puerta en la que no te fijas, que se encuentra entre dos cajas de fusiles del alumbrado municipal y suele tener colgada una placa de ¡Cuidado! Alta tensión. No te acerques, anormal. Pero esta no la tiene pegada. Ya se podría haber electrocutado, me habría ahorrado muchas movidas... Pero bueno, esto sí que son ya grandes *spoilers*, **mejor me callo.**

Cuando entra, avanza por un largo pasillo hasta llegar a otra puerta, también azul, también de metal, también sin placa de alta tensión..., pero con una ranura a la altura de la cabeza, parecida a la de un buzón. El cani da tres toques y la ranura se abre.

—Contraseña —exige una voz dura.

—Tobillitos —susurra el esmirriao.

El ruido de la cerradura abriéndose retumba por todo el pasillo. Un tipo la hostia de cachas abre la puerta y se aparta para dejarle paso. Sí, sí, es uno de los que me intentan apalizar en la primera viñeta. Fijo que tiene que ir de lado para poder atravesar el pasillo.

La segunda puerta da paso a una habitación con varias puertas y una escalera. Otro cachas, que va con pintas de «te voy a meter una paliza a la que te despistes», guía al cani hasta arriba de las escaleras.

—Ya tú sabes —le dice—, se van a cabrear como no sea importante.

—Primoh, ya te digo yo que lo es.

Al entrar en el despacho del segundo piso, el cani y el cachas se encuentran con tres hombres, dos sentados uno en frente del otro en un escritorio de madera, y otro de pie contando billetes. Unos maletines llenos de fardos oscuros llenan la mesa.

—Es una tela excelente... —oye decir a uno de los hombres que están sentados, y que se calla nada más ver entrar a los dos visitantes.

—Señor, aquí está el Tiras.

Los tres hombres le dirigen la mirada al cani y el de los billetes deja de contarlos y los guarda.

Nadie dice nada, hasta que el que está sentado delante de todos, el que hablaba de la tela, se encoge de hombros y alza las manos.

—Qué coño quieres decirme —dice, no en voz alta, sino con su gesto. Se le nota que es un tío elegante que no diría un taco.

—Tenemosh problemash en nuestra misión, jefe.

—¿A qué te refieres?

—Hay... hay un superhéroe en Carabanchel.

Así es. El esmirriao, el Tiras, es el Primo #1.

—¿Qué mierdas dice este flipao? —pregunta el del dinero.

—Eso, ¿de qué hablas?

—Ni yo lo sé, jefe. Que les fui a robar un iPhone a unos pringaos y de golpe uno se convirtió en un superhéroe o algo así y me sacó unos palos con forma de *durum*.

Se hace el silencio en la habitación. El negrazo no puede evitar reírse. Luego pide perdón.

—¿Estás fumado o qué te pasa?

—¡No, no! Te lo juro, jefe, te lo juro por mi vieja que esté en el cielo. —Y se besa el puño.

Los tres hombres se miran sin saber muy bien qué hacer o decir. Normal, ¿si vosotros fuerais capos de una banda criminal os creeríais a un esbirro colgao que viene a deciros que hay un superhéroe en el barrio?

Yo tampoco, colega.

—¿Sabe algo de nuestro plan?

Pero estos no eran una banda criminal muy normal, que digamos.

—**No, jefe.**

Vuelve el silencio.

—No vas a creerte a un tipo que tiene esa cara, ¿no? —pregunta el que está sentado de espaldas.

—Quizá sea mejor prevenir. ¿Qué nos cuesta? Brian, a partir de ahora, que unos cuantos patrullen el barrio a ver si ven algo raro. Tiras, tú serás uno de ellos, pero irás siempre acompañado, no vaya a ser que se te vaya la olla otra vez...

—**Claro, jefe.**

—Y dinos, ¿tiene nombre el superhéroe? —pregunta el de los billetes.

—Gritó... Gritó que es Abdulman.

El cachas vuelve a reírse.

—Bueno. Si es verdad, no vamos a dejar que un pringao nos desbarate los planes de cinco años —declara.

Vamos, que estoy perdido.

O eso se creían.

Para seguir con la historia → ve a la página 67.

Capítulo 8-B
CUANDO DESEO SER HIJO ÚNICO POR SEGUNDA VEZ

Después de cenar, espero con toda la paciencia que me hace falta y nunca tengo, a que mi hermana pase por delante de mi puerta camino de su cuarto. Cuando lo hace, le tapo la boca con una mano y con el otro brazo la arrastro hacia dentro. Se resiste, claro, pero no le suelto la boca hasta que me lame la mano.

—Qué asco, colega.

—Asco tú, pirao. ¿Qué haces? ¿Y desde cuándo no te lavas las manos?

—Me las he lavado antes de cenar, lista, debe ser el jabón barato que compran mamá y *baba*.

—Ya, seguro. Fijo que ni te las lavas cuando meas, cochino.

—A ver, la que me ha lamido la mano has sido tú, así que quéjate menos.

—¿Y qué querías que hiciera, chalao? Solo a ti...

—**A VER** —la callo, gritando un poquito—. **Que nos vamos del tema, Lina.**

Ella se cruza de brazos. Ni siquiera me pregunta a qué tema me refiero. Lo sabe perfectamente. Me lo había prometido con ese «ahora no».

Lina se queda de pie mientras yo me siento en mi silla. Le apunto con la luz de la lamparita, pero se molesta y me la baja de un manotazo. El que tendría que estar cabreado y nervioso soy yo, pero bueno, digamos que no estoy en posición de ponerme chulo. No por ahora.

—¿Cómo has sabido que he hecho novillos?

—Tengo mis fuentes de información.

—Y ¿sabes qué he hecho mientras hacía novillos?

—Ir al Colgao.

—¿Qué hacía en el Colgao?

Hace una pequeña pausa y entonces, después de haberlo evitado con cada una de mis preguntas, me mira directamente a los ojos y responde:

—Tirarte desde un tercer piso.

Lo que sospechaba. Me cago en mi vida, joder.

—No le voy a contar a nadie que ahora eres un superhéroe, Hamza.

¿Qué?

—¿Qué?

—Tampoco es que fueran a creerme. Lo mejor será que compartas un poco de tu suerte... conmigo. Podrías dejarme el iPhone. Seré Dönner-Girl.

—¡Tú flipas!

—¿Oye y por qué Abdulman? Sabes que los kebabs son turcos, ¿verdad, Hamza?

Me da por reírme. Esto es más surrealista que cuando gané quinientos mil suscriptores en un mes. Pero intento que no se me vaya el hilo. Aquí hay una cosa más grave que hay que solucionar ahora que sé que mi hermanita va a cerrar el buzón.

—Pero a ver: ¿quién te lo ha dicho? ¿O me has seguido?

—¿Cómo te voy a seguir si tengo que ir al insti, idiota? A mí me pillan, no he nacido con una flor en el culo como tú.

—Vale, vale... Entonces ¿quién te lo ha dicho?

—Héctor.

—¿Quién coño es Héctor, colega?

—¿Quién?

—Hum. Un amigo de clase. Verás, es que es superfán tuyo. Y hoy te ha seguido. Y está flipando. —Debe de ver la cara de acojonado que meto (¿tengo un fan que me sigue? 911 policía), porque enseguida añade—: Pero lo tengo a raya, ¿eh? Está coladito por mí. —Eso no ayuda a que relaje la cara de flipe—. ¡Y no te ha grabado! Te idolatra y sabía que grabarte solo podría traerte problemas.

A ver, a ver, que esto se está yendo de madre. Un fan loco que me sigue de vez en cuando y que está enamorado de mi hermana pequeña sabe que ahora soy un superhéroe. Vale. Vale. Estoy hiperventilando, te lo juro.

—¿Hamza? ¿Estás bien? Estás blanco...

—¿Seguro que no va a decir nada?

—Segurísimo. Bebe un poco de agua antes de que te desmayes.

Vale. Mejor será que nos vayamos a dormir.

Sí. Hoy han pasado muchas cosas. Demasiadas.

Ya las solucionaré mañana.

Para seguir la historia → pasa a la página 70.

capítulo 10-A
COLEGA, ¿QUIÉN SE HA CHIVADO?

Como a eso de las seis de la mañana, me despierto con unas ganas de mear que flipas. Medio sobado, me voy de cabeza al lavabo, en zigzag y chocándome contra las paredes. Joder, es que a esta hora no soy persona. Mientras voy hacia allí, pienso que más le vale a mi cuerpo quedarse dormido otra vez, una horita más antes de que suene el despertador, y como no lo haga, me pienso dar de cabezazos contra la pared hasta quedarme inconsciente.

Cuando abro la puerta del baño, me encuentro a mi hermana peinándose.

—**¿Qué haces...?** —No soy capaz de acabar la pregunta, pero me entiende enseguida.

—Pues planchándome el pelo ahora, porque si espero a una hora más decente, os quedáis con el lavabo y no me puedo ni peinar. Ya os vale.

Poco a poco me voy despertando. Intento decirle a Lina que salga un momento, que quiero mear, pero o no me entiende o no quiere entenderme, porque me suelta un planchazo en el dedo.

—**¿QUÉ TE HE HECHO AHORA?**

—**¡¡CHISSS!!** —me manda callar—. Tú y yo tenemos que hablar.

Le digo que vale, que vale, mientras me mojo el dedo con agua fría, pero que primero me deje mear.

Tiro de la cadena y nada más escuchar la cisterna, entra. Casi ni me da tiempo a meterme el pito en los pantalones. Cierra la puerta y susurra con ferocidad:

—¿Me explicas qué haces yendo de superhéroe por la vida?

Me despierto de golpe. **¿TANTO sabe?**

—A ver, a ver, hermanita, tú flipas, ¿qué...?

Coge otra vez la plancha y da un pinzazo en el aire. Sale un poco de humo.

—No te atrevas a negármelo. Te han visto.

—¿Me HAN visto?

—Te he visto.

—No te atrevas a negármelo.

—**AGH.**

—**¡¿QUIÉN ME HA VISTO?!**

—**¡¡CHISSS!!** —Y baja la voz—. ¡No podemos seguir gritando o se despertarán!

—¿Quién me ha visto?

Pero no me responde.

—Lina.

—Héctor.

Mi cara lo dice todo. ¿Quién coño es Héctor?

—Buff. Es que ni me vas a creer. Es un amigo de clase. Superfán tuyo. Quiere estudiar periodismo y ser reportero... Y bueno, que ayer le dio por seguirte. —Debo de tener la cara hecha un jodido cuadro, porque corriendo añade—: ¡Pero tranqui, que lo tengo a raya! Está coladito por mí. Por eso me lo ha contado, y por eso se va a callar. —Y hace un gesto con la mano, cerrando el puño, como si le estuviera estrujando los huevos a ese tal Héctor.

Aunque me siento como si me los estuviera estrujando a mí.

—¿Me estás contando que un colgao que está obsesionado conmigo y enamorado de ti, que eres mi hermanita, me sigue por la calle y me ha visto transformado en Abdulman?

—Sip. Y vaya nombre te has buscado, por cierto...

Durante unos segundos ninguno dice nada, hasta que Lina suelta:

—¿Puedo ser Dönner-Girl?

Estoy medio cabreado, medio grogui, medio a punto de gritar. Espera, eso son tres cosas, ya no es un medio. Y eso que las mates nunca han sido lo mío. Pero lo que me está contando ya es la hostia. Si no voy a visitar al tal Héctor, es porque es de madrugada. Así que me meto en la cama y, no sé, ya fingiré que estoy malo, y si me llevo un chancletazo, pues me lo llevo.

Entonces oigo que me suena el móvil. Es un wasap del Wismichu.

«Eh, pringao», dice. «Ya he llegado a Madrid. Me voy a sobar a un hotel y quedamos a las 11 o así. Fúmate las clases, hay que hacer algo serio, algo grande, cojones.»

Pues ya está, ya tengo plan para la mañana, ¿no?

Y un huevo, me voy a meterle una leche al Héctor ese → ve a la página 81.

Me quedo dormido, y a la hora de levantarme para ir al insti, finjo que me encuentro mal, para no ir a clase → sigue leyendo.

capítulo 11
COLEGA, QUE SE HAN CHIVADO

Cuando son las ocho y no he salido de la cama, mi madre entra en mi habitación chancla en mano.

—¿Quí ti pasa, *habibi*?

Pego un bote que me viene dpm para luego fingir que ha sido un espasmo provocado por la fiebre. ¿Y si el Kibabphone reacciona a la voz de mi madre?

—**¡¡Yo soy FATEMAN!!** —Como si lo estuviera viendo, colega.

Por suerte, no lo hace. Y, por suerte, la bola que le suelto cuela. Ya te digo que cuela. Un *strike*, hermano. Todos los bolos al suelo. Ni chancletazo ni otras hostias. Al principio, no te creas, me asusto y todo. ¿Mi madre siendo una madre... fácil? Lo nunca visto. Pero, con los dos días que llevo, ya era hora de que algo me saliese bien.

Me empiezan a llover wasaps de Paul. Le digo que se relaje, que no vaya a clase y que Isma ya está aquí. Silencio el chat y me meto el móvil debajo de la almohada. Me sobo hasta que los mensajes de Wismichu me despiertan. Bueno, es un audio y un montón de «Despierta, cabronazo».

—A ver, Hamza, ¿qué pasa, capullo? Quedamos en el Retiro en una hora. Así, si te ven haciendo el subnormal que eres disfrazado de Durum-Boy y me ven a mí, pensarán que estamos grabando un vídeo de calidad. Con cámara de verdad y todo. Ah, y esto no es una colabo, eh.

Ya, claro. Menudo capullo es a veces.

Diga lo que diga, le respondo que ok y salto de la cama.

Pongo la oreja y no oigo nada, así que imagino que mis padres ya se han ido. Mientras me paseo por casa mirando si hay alguien, aviso a Paul de los planes.

En veinte minutos, estoy en la calle camino del metro y me encuentro con Paul. Mientras vamos en el metro, voy repasando las redes, que con todo este percal ni las he mirado. Tengo que subir algún vídeo pronto.

Cuando llegamos al Retiro, Paul suelta lo mismo que estoy pensando yo:

—Pero el parque es muy grande, colega. ¿Dónde?

Le repito la pregunta a Wismichu y recibo un audio:

«PUES EN LA ESTATUA DEL ÁNGEL CAÍDO, COJONES, DÓNDE VA A SER».

Lo de gritar se lo toma muy en serio.

El parque, a estas horas y a estas alturas de la semana, está bastante despejado; solo hay turistas, *runners gilipollers* y algún que otro colgao como nosotros fumándose, literalmente, el insti. Con el buen tiempo que hace, normal.

Al llegar a la estatua, vemos enseguida a Ismael y chocamos las manos. Hacía la hostia que no nos veíamos y, a pesar de la situación, lo primero que hacemos es ponernos al día. De esto no os voy a contar nada porque es un coñazo, así que vamos a pasar directamente a cuando nos sentamos en el rincón más apartado de todas las mierdas turísticas del parque.

—A ver. Resumidme.

Lo que hago es sacarme el iPhone y ponerle el holograma que ya vimos. Eso debería bastar para empezar.

—Macho, eres cutre hasta para ser un superhéroe.

—Claro, soltar rayos por los pezones es la bomba.

SIP. PERO HAY UN PROBLEMILLA.
¿QUÉ PROBLEMILLA?
ES QUE, VERÁS, AYER PASÓ QUE...
NO HAN PASADO NI 24 HORAS DESDE QUE ME LLAMASTE ¿Y YA LA HAS LIADO?
BUENO, YO, YO, LO QUE SE DICE YO, NO LA HE LIADO. ME LA HAN LIADO.
¿QUIÉN TE LA HA LIADO?
UN FAN LOCO ME ESTUVO SIGUIENDO AYER Y ME VIO.
¿¿¿PERO CÓMO SE PUEDE SER TAN SUBNORMAL, COLEGA???

Ignora mi pulla y dice:

—Bueno, a ver, lo primero será localizar a los malos antes de que te localicen a ti, ¿no?

—Eh, eh, que ya lo sé, tío, pero te relajas.

—Colega, esto no me lo habías contado —suelta Paul, casi cabreado, mientras Ismael sigue gritando y dando saltos como si estuviera en gayumbos en su propio cuarto.

—**¡¡CALLAOS!!**

Y mi grito, por primera vez, consigue un poco de silencio. Y les explico la situación. Que si el Héctor. Que si está enamoradito de Lina. Que si le metemos una paliza o mejor le firmo un autógrafo. Yo qué sé, ya flipo con el marrón.

—A mí lo que me flipa más de la historia es lo de tu fan. Y es que hay que estar colgado, colega, pero bueno.

Intento meterle una colleja a Wismichu, y los dos acabamos rodando por el suelo. Suerte que Paul nos separa.

—Lo de Héctor lo podemos solucionar luego, pero a ver, ¿cómo descubrimos los poderes de Abdulman?

Wismichu pone cara de serio, como si estuviera pensando con muchísima intensidad, en plan máster de la filosofía china. Y dice:

—A base de prueba y error.

—Vaya estrategia, colega.

—A ver, ¿sabes acaso cuánto tiempo pasé encerrado en un mundo paralelo del zulo de la editorial hasta que me di cuenta de que podía echar rayos por los pezones?

Debo reconocer que la imagen de Wismichu soltando rayos por los pezones es **ÉPICA**.

Ojalá yo pudiera soltar rayos por los pezones, colega.

NO. MEJOR AÚN.

Por los tobillos.

—**Entonces, a ver si me centro...**

¿Hamza debería transformarse en Abdulman e ir probando? —pregunta Paul. Sí, es cortito a veces el chaval.

—Exacto —le responde Wismichu—. Hamza, ve probando, como ayer, de saltar por un puente hasta que te hagas superfuerte o acabes con los sesos reventados por el suelo.

—No me seáis mamones, tiene que haber algo que...

—**¡¡¡AAAAAHHH, SOCORRO!!!**

Una tía del parque está gritando como una loca.

—¿Qué coño? —pregunta Wismichu.

—**AL LADRÓN. ESE TÍO ME HA ROBADO MI *VALENTINO*.**

—¿Qué dice de San Valentín? Si estamos en mayo —dice Paul.

—Que no, colega, que a esa pija la han robado.

Entonces vemos cómo por el camino que hay a nuestro lado pasa corriendo un tío con un bolso en la mano. Al otro extremo del paseo, detrás de él, la chavala intenta correr, con tacones, pitillos y un pelo más rubio que Marilyn.

—***MY VALENTINO BAAAAG. HEEEEELP!!!*** —No sé muy bien por qué cambia de idioma de golpe; imagino que lo debe de hacer por si algún guiri la quiere ayudar.

—Pero ¿qué haces ahí parao, imbécil? —me grita Ismael de golpe—. Tío, que es una oportunidad de oro: ¡¡transfórmate y ve a por el caco, macho!!

—Y a ver si así te la ligas —añade Paul, que no pierde ocasión de ligar. Será lo último que haga.

Cojo el iPhone y empiezo mi transformación épica.

—**¡¡KITIPASA, HABIBI!!**

Empieza la luz cegadora. Cuando acaba la transformación, salgo disparado en busca del ladrón. Me doy cuenta en estos precisos momentos de que el traje también me proporciona ultravelocidad. Bueno, tal vez *ultra* no, pero *súper* sí. Y, madre mía, en menos de lo que pensaba que lo conseguiría, me encuentro casi al alcance del ladrón. Podría levantar el brazo y cogerlo del cuello. Lo intento, pero no llego.

—**¡¡Detente!!** —grito. Me sale la vena peliculera. ¿Cuándo he dicho yo «detente»?

De repente veo que el traje no da más de sí, que es como si hubiera llegado al límite de velocidad permitida por la Delegación de Héroes Morunos o como si hubiera agotado la carrerilla máxima que me permite y tuviera que recargarse. Deduzco que es esto último, porque no sé si existe la DHM (Delegación de Héroes Morunos).

Echo mano a mi cinturón y le tiro al ladrón una estrella ninja con forma de pita. Le acierto en toda la nuca y en ese momento le tiro los nunchakus a los pies. Con este doble ataque, consigo que tropiece y se coma el suelo. ¡Toma esa!

Aprovechando que el ladrón está en el suelo, acorto las distancias con él, y justo cuando se está levantando, cuando se cree que se va a librar, ¡me tiro encima! Me siento sobre su espalda y, tras un pequeño forcejeo, le arranco el bolso de las manos y lo alzo, triunfante.

Joder, soy el puto amo. O lo he dejado KO o el traje me hace pesar la hostia, porque el caco está inmovilizado que te cagas. Poco después llega la pijita con la lengua fuera y me coge el bolso. Casi me lo arranca. Correr no correrá, pero qué fuerza tiene la pava.

—Jopé, muchas gracias, de verdad —me dice, abrazando el bolso como si fuera un puñetero chihuahua.

—De... de nada.

Deja de centrarse en el bolso y me mira fijamente. Parpadea varias veces y abre mucho los ojos, como si se acabara de dar cuenta de que voy vestido de superhéroe.

—¿Eres un superhéroe? Jo, tía, qué fuerte, ¿no? —Pues sí que se acaba de dar cuenta.

—Soy Abdulman.

—**Yo soy Lucía Carretón.** Lucy para las amigas. Y amigos. —Y me guiña el ojo.

En ese momento llegan Wismichu y Paul. De golpe, me doy cuenta de que estamos rodeados de personas. Lo peor de todo es que veo a dos policías acercarse corriendo.

A riesgo de que el ladrón se levante, me quito de encima y salgo corriendo. Prefiero que se escape a que los polis me pillen a mí también. Quiero decir, ¿un idiota vestido de superhéroe persiguiendo a cacos? A comisaría de cabeza. No puedo volver al trullo, hermano. Bueno, en verdad nunca he ido, pero siempre he querido decir esa frase.

En fin, que me voy corriendo y menos mal que ni Paul ni Ismael (más conocido como Wismichu) me siguen; eso los hubiera relacionado con mi identidad secreta, con Abdulman, y podría ser un problema. Bastante tenemos con el Héctor ese de por medio. **Vaya MOVIDA.**

Y espérate, colega.

Que ahí viene.

Ahí viene una movida aún más grande.

Voy a estar por todo Twitter. Por todo Internet. ¿No? Porque la gente que se ha amontonado a mi alrededor... Seguro que han hecho fotos, ¿que no? Anda que no iba a sacar yo fotos en una situación así.

Estoy jodido.

¿Y ahora qué?

Huyo de Madrid, del país y me voy a Marruecos y nunca más vuelvo → pasa a la página 164.

Mantengo la calma, que, a ver, voy disfrazado, nadie me reconoce → sigue leyendo.

Capítulo 12
EH, QUE SALGO EN LAS NOTICIAS

—**Estás jodido, colega** —me dice Wismichu cuando Paul y él me encuentran. Estuve corriendo un buen rato hasta que di con unos arbustos y unos árboles lo suficientemente juntos como para poder esconderme y volver a mi ropa normal. Después de eso, empecé a dar una vuelta para despistar a posibles Héctores que me estuvieran echando un ojo. Así es como me encontraron estos dos capullos.

—Ya lo sé, ya lo sé... —digo, agobiado.

—No, no lo sabes —me suelta Paul, y me enseña su móvil, su Twitter... Empiezo a deslizar el dedo y no dejan de aparecerme vídeos de Abdulman lanzando los nunchakus y tirándose encima del ladrón—. Ya eres *trending topic*.

—Solo han pasado... ¿quince minutos?

—Y no solo eso, tío —añade Ismael—. **Tiene TRES MILLONES de seguidores en Instagram.**

Se me desencaja la mandíbula. Así, ¡placa!, de golpe.

—Y lo ha explicado todo a sus *stories* —sigue Paul.

—ETIQUETANDO AL VALENTINO ESE.

—Que tiene casi diez millones de seguidores.

—Casi diez veces más que tú. —Wismichu me pincha. Mucho menos de diez, eh. Que tengo ya casi tres millones. Pero no se lo digo en este momento, la situación es bastante delicada como para andarse con piques infantiles, **¿EH, ISMA?**

Me siento en el suelo, agotado. Al menos no se me reconoce. La peña solo sabe que hay un pirado suelto que juega a ser superhéroe. No saben ni que lo es de verdad, ni que el traje proviene de otra di-

mensión, ni que todo eso lo estoy haciendo yo, Hamza, el de los vídeos del Insta, el del Kitipasa y las gorras.

—**¿Y qué hacemos?** —pregunto—. Vale que no se me reconoce, pero es un poco movida, ¿no?

—Esto no te lo soluciona YouPlanet, eh.

—Bueno, bueno, calma, troncos, con ir con más cuidado habrá bastante —sugiere Paul.

Estoy de acuerdo, aunque eso no quita que se me hayan pasado las ganas de hacer el imbécil con el traje. Incluso de salvar el mundo. Porque, tío, aún queda la parte de «los malos». ¿A qué se referiría el Hamza Jedi? ¿Tengo que descubrirlo?

—Me tengo que volver a Barcelona antes de que esto se complique más. Ya tengo bastante con mi mierda, chaval... —dice Isma.

Poco después, Paul y yo decidimos ir a casa. De vuelta en el metro, nos sentamos delante de un grupo de chavales de catorce años que imitan a Abdulman. Qué locura.

Aunque lo peor viene cuando, por la noche, estoy simulando que estudio en el sofá, con mi madre cosiendo en una esquina y mi hermana con el móvil, sentada en medio. Las noticias están puestas y entonces lo oigo:

—Hay un nuevo superhéroe en las calles de Madrid —dice Matías Prats.

—No me jodas —escupe Lina, para mi sorpresa, no yo.

—Isa boca, siñorita —le reprende mamá.

«Este joven que van a ver a continuación gracias a las imágenes de varios videoaficionados, ha decidido tomarse la justicia por su propia mano haciéndose llamar Abdulman. Lo que no sabemos es si su justicia es pura… o mixta.»

Me encojo más en el sofá, refugiándome en el libro de texto por primera vez en mi vida. Nada sospechoso, desde luego, que me centre de golpe en mis estudios.

Lina me mira de reojo, y sé que se debe estar cagando en mi cabeza después del numerito que le monté con lo de Héctor.

—Istos jóvenes están cada día pior de la cabeza.

—Ya ves —decimos mi hermana y yo a la vez.

Joder.

Eso sí.

No puedo evitar pensar lo que me habrían subido los suscriptores si esto lo hubiera subido a YouTube antes de salir en las noticias.

Sigue la historia en la página 86.

Capítulo 10-B
SOBRE EL CAPULLO QUE SE HA CHIVADO

Lo primero que hago es meterme en el Facebook de mi hermana y buscar un Héctor entre sus amigos. En verdad, no me hace falta porque el tío ha llenado el muro de mi hermana de posts y memes sin gracia. Me meto en su perfil y no me cuesta mucho averiguar dónde vive. **¿Que cómo lo consigo?** Eso no lo puedo contar aquí, colega, o me arrestarían. Son los secretos del *deep web*.

Me pongo un chándal para no ir por la calle en pijama, y con mucho cuidao salgo de casa sin que nadie me oiga. No son ni las seis y media aún y hace un fresco que se me encogen los huevos. **Vaya ideas.**

Avanzo despacio, con las manos en los bolsillos. Hay tiempo, aunque tendría que volver a casa en menos de una hora. ¿Y si ya está confesando a la policía? O hablando con *Sálvame*. O grabando un vídeo en YouTube. No, eso sí que no. Tengo que asegurarme que este friki no está delatándome en este mismo instante.

Sin bajar el ritmo, acabo llegando a su bloque de pisos. Vive en un primero. Me sorprende poder verlo a través de su ventana. Para mi suerte, su cuarto da a la calle.

Genial. Así no me tengo que esperar a que salga para el insti. El acosador acosado.

Pero mientras lo miro… Joder, esto suena muy raro… Pero estoy ahí, medio agachado, tras un árbol, y vaya pintas debo de tener, intentando ver de qué va el capullo este. Y no sé. Lleva un pijama de Digimon o de Pokémon, no tengo ni idea, la verdad. Los confundo, ¿vale? Y mientras lo miro me doy cuenta de la cara que tiene: cara de un crío. Que vale, que ya tiene la edad de mi hermana, tan crío no es. Pero ¿de verdad le tengo que meter una paliza?

Joder el pijama de Pokémon.

No me imaginaba así a mi *target*.

Este sale de las estadísticas.

De repente, alguien me da una colleja.

—**¿Qué coño?**

—**Pero ¿tú qué haces, anormal?** —me susurra mi hermana.

—¡Lina! ¡Qué coño! ¡Pero tú…!

—¿Vienes a espiar a tu fan? ¿Estás fatal?

—El que está fatal es él, eh. Anda, vámonos a casa que como se den cuenta de que no estás *tú* se va a liar pardísima.

La cojo de la mano y nos empezamos a ir, pero entonces da un tirón y se suelta.

—No soy una cría, eh —me suelta. Y es verdad. Joder—. Pero ¿tú qué ibas a hacer?

—¡Solo quería asegurarme de que el pirao que me espía no se estaba yendo de la boca! Un friki que, POR CIERTO, sabe que me transformo en superhéroe.

—Pues mejor será no darle motivos para chivarse, ¿no? Que nos vea aquí en plan espía no es la mejor idea del mundo, que digamos. Anda, vámonos a casa.

A veces se me va demasiado la pinza. Pero bueno, si no, no sería Abdulman.

Casi corriendo, llegamos a casa sin que nadie se entere. Lina se mete en la cocina para desayunar, como si no hubiese pasado nada. Yo me meto en la cama. Aún me queda fingir que estoy enfermo.

Sigue la historia en la página 70.

Capítulo 13
HASTA LOS VILLANOS TIENEN TWITTER

Quedaos con el título del capítulo, ¿vale? Porque yo, como soy muy listo, solo pensaba en que me pudiera reconocer algún seguidor, en que Abdulman dejara de ser un secreto entre mis dos colegas y yo, y en que dejara de ser «seguro» transformarme.

No pensé en que los «malos» me vieran en las noticias. O en Twitter.

Y, evidentemente, eso es lo que pasó.

Así que ahí tenemos al Capo, no en la guarida de la Puerta Azul, sino en el despacho de su casoplón en el barrio de Salamanca. Lo voy a llamar Capo, porque si os digo el nombre completo podría hacer *spoiler*, ¿vale?

Vale.

Pues el Capo está ahí, tranquilito, mirando el móvil, revisando facturas, comprobando que los fondos de sus actividades ilegales se reflejen sin crear sospechas en sus actividades legales... O cosas así. No sé muy bien qué hacen los supermalos y los jefes criminales, aparte de fiestones increíbles, pero supongo que también tendrán que echar sus cuentas, ¿no?

—**¡¡Papá!! ¡¿Sabes dónde está mi Hermés?!**

—Por favor, Lorenzo, búscale el arnés a mi hija —dice tras apretar un interfono que hay sobre su mesa.

—El Hermés, señor —le corrige Lorenzo—. Está en la tintorería.

—A mí no me lo cuentes, díselo a ella, Lorenzo —responde, dándole al interruptor otra vez.

—**Sí, señor.** ¿Quiere que también eduque a su hija por usted?

En realidad, eso último me lo invento yo, aunque habría molado que lo hubiera dicho.

Bueno, que me voy del tema.

Pues el tío está ahí, deslizando por su *timeline*, ¿no? Lo típico. Que si noticias, que si sube el precio de la droga, que si *gifs* de gatitos de otros capos... **Y entonces, ¡Bam!, ve el vídeo.** Directamente retuiteado por la mismísima Lucy_Miu. Sí, esto ya lo vi yo mismo: la tipa tenía casi quinientos mil seguidores; imaginaos el impacto de uno de sus retuits. ¿Te lo puedes creer, colega? No iba a quedar ni el tato sin verme. Bueno, sin ver a Abdulman.

Así que ahí estoy, en las narices del Capo. Se sale de la app y deja el móvil. De su escritorio saca otro teléfono, de esos de los que tienen tapa y marca un número.

—Hola. Soy yo. Sí... ¿También lo has visto? Sí... Hay que hacer algo.

Hay una pausa.

—**No. No podemos detener el proyecto.** No a estas alturas... ¡Perderíamos dinero! Hay que acabar con él... No permitiré que un crío con los calzoncillos por encima de los pantalones nos pare los pies.

Capítulo 14
TENGO QUE SEGUIR GRABANDO VÍDEOS, ¿VALE?

Un finde normal... Un finde normal me lo habría pasado de fiesta. De aquí a allá. Estudiando un poco, sí, que tampoco es cuestión de catearlas todas; más que nada porque si ya paso de estudiar ahora, como para ponerme a empollar en agosto. Aunque no sería la primera vez que me llevo los apuntes a Marruecos...

Pero no. Este finde no salgo de casa, y no porque la líe aquí dentro; nada de fiestón... **¿Estamos locos?** No sabéis lo que pica la chancla de mi madre, joder. Pero que me voy del tema. No salgo de casa porque no estoy de humor.

No sé, hermano, me entró la paranoia, ¿vale? ¿Y si me reconocían? ¿Y si empezaban a perseguirme por la calle? Yo qué sé. El antifaz, de golpe, no me cubría nada. Me veía en las noticias, y es que era yo, ¿cómo era posible que mis padres no me reconociesen?

—Me debes cincuenta pavos, hermanito —me susurra Yasser el sábado por la noche. Creo que él sí que empieza a sospechar.

—**Eres rematadamente idiota.** ¡Y encima preocupándote por Héctor! —me dice Lina el domingo por la mañana.

Me tiene frito. Me habla demasiado bien de Héctor. Dice que la llamó cuando vio lo de las noticias y que le juró que él no tenía nada que ver.

—¡Y claro que no tenía nada que ver! —me grita—. ¡Estaba conmigo en clase mientras tú jugabas a los superhéroes en el Retiro! ¡¡Con Lucy_Miu!!

Vaya chapa, colega.

Vamos, que me paso el finde aguantando a mis hermanos, dando vueltas en mi habitación y clavando los codos en lugar de empinarlos.

Planazo.

Por suerte, para el domingo por la noche ha surgido un nuevo fenómeno viral: un mono que le roba un cucurucho a un niño pequeño. La verdad, me siento hasta ofendido cuando me sustituyen en la sección de noticias chorras por un mono y un crío llorón. Quiero decir, **¡soy un puto superhéroe! ¡El valiente Abdulman! ¡El salvador de Lucy_Miu!**

Y un mono que se come un cucurucho...

Bueno, al menos se olvidan de mí. Ya no soy *trending topic* y los youtubers han dejado de parodiarme. JoaquinPutoAmo fue el primero.

Puto Joaquín.

De hecho, al día siguiente me despierta una llamada suya.

—**¿Qué coño haces llamándome a estas horas?** ¿Es un jodido reto?

—¡Qué va! Es que no me he metido en el sobre aún.

—La madre que te parió.

—Oye, ¿por qué no has grabado una parodia de ti mismo? Lo tienes a huevo.

—**¿Qué?**

—¿Eres capaz de preparar un kebab con rayos láser o algo así?

No me lo puedo creer.

—Puto Isma —digo en voz alta.

—¿Te pensabas que no me lo iba a contar? **Si se le ve la calva en el vídeo.**

Bueno, el caso es que digo:

—Ni se te ocurra decírselo a nadie.

—Tranqui. Ya hemos quedado que Isma me cortaría un huevo y tú el otro.

—Me parece genial.

—Bueno, colega. Me piro a sobar. Pero, eh, graba ese vídeo.

Cuelga antes de que pueda responderle, y mientras me pego una buena ducha, lo pienso. Quizá tiene razón. Desde que encontré el Kibabphone no he subido nada al Insta, ni tampoco a YouTube. Algunos de mis seguidores empiezan a quejarse de la falta de contenido (sois exigentes a veces, eh) y, bueno, razón no les falta.

Eso sí. Hoy a clase, que hace demasiado que no me ven el pelo, y tonto no soy.

Pero en cuanto salgo de clase, llamo a Paul.

—**Tío, en una hora en el Colgao.** ¿El atrezo lo tienes tú o me lo llevé yo?

—**¿Qué dices de atrezo, colega?**

—La bata y la toalla, el disfraz de Fatema, hermano.

El tío me pilla enseguida.

—Pero ¿se te ha ido la chola o qué, macho? ¿Después de lo del viernes?

Pongo los ojos en blanco porque a veces parece que no llega el chaval. Le explico lo de los virales, que toda la peña ha estado imitando «mi» vídeo, aprovechando el fenómeno, y que mientras yo estaba cagadito en mi cuarto, podría haberme aprovechado de mi propia metedura de pata para hacer un vídeo guapo guapo.

Al final, es que lo conozco bien, lo convenzo y quedamos allí mismo. No os creáis: haberlo convencido me relaja: o tengo razón o no estoy tan loco como me pienso. Porque, a ver, poniendo un poco de sentido aquí..., esto mucho sentido, lo que se dice mucho sentido, no tiene.

Aunque que me haya convertido en superhéroe gracias a una cagalera tampoco es que tenga mucho sentido. Quizá esta historia no es el mejor lugar para buscar sentido, ¿no?

Una vez en el descampado, me meto bien dentro del edificio casi construido para que nadie, ni Héctores ni gilipollas varios, me vea transformarme. Al final, me meto bajo unas escaleras, **«¡KITIPASA, HABIBI!»** y, venga, a liarla parda. Le pido a Paul que me pase la bolsa con todo el disfraz de Fatema y allí mismo me pongo la bata y toda la pesca.

—**Ey, hermano, que se te ve el cartón** —me avisa Paul.

—**¿Qué dices?**

Él se señala su propia cara.

Claro, joder: el antifaz. Que vale, que podría ser mío, o sea, del Hamza-ciudadano-de-a-pie. Aunque nunca me curro las caracterizaciones, y eso todo el mundo lo sabe.

Me quito el antifaz, sí. Pero al agachar la cabeza me fijo en que también se me ven las mallas y las botas. Piensa, Hamza, piensa. Solo hay una solución posible si mis ropas desaparecen bajo el disfraz...

—Paul, quítate los pantalones.

El colega se queda parao un rato, con los ojos muy abiertos.

—Y una mierda.

Lo que me temía.

—Ten los míos —oigo una voz. Los dos pegamos un bote tremendo, y de golpe veo a un chaval de la edad de mi hermana, algo flacucho y con una sudadera de Kitipasashop (29,90 euros, ¡ki mi la kitan de las manos!) y sus tejanos en la mano.

No hace falta que se presente: es Héctor. Y al menos no lleva calzoncillos de Digimon. En ese momento, me pregunto si me saldría rentable diseñar unos bóxers de Kitipasa.

Sí, colega → pasa a la página 99.
Venga ya, flipao → sigue leyendo.

—**¿Qué haces aquí?** —le pregunto, intentando mantener la calma. Paul no deja de mirarme como si esperara una señal mía para poder meterle una leche. Con un gesto le dejo claro que se relaje.

—Solo quiero ayudar. Vi todo el follón en la tele y en las redes. Hablé con tu hermana. **Soy tu aliado, Hamza.** —Y me vuelve a tender los vaqueros.

No sé por qué, decido confiar en él. Le cojo los pantalones y me los pongo. Joder, es tan flacucho que me cuesta un montón subírmelos hasta la cadera, y ni me puedo cerrar la bragueta.

—¿Vais a grabar un vídeo?

—Sí. Algo sobre «cuando tu madre tiene superpoderes» —le explico. Y no sé por qué. Por la cara de Paul, deduzco que él tampoco lo entiende.

Héctor parece pensativo.

—**¿Y por qué no le das un giro con «las diferentes madres»?** En plan, las españolas, las sudamericanas y las marroquíes. Y en la última que salga Fatema, claro.

Paul me mira, impresionado. Yo también lo estoy. Es buena idea. Al final me va a caer bien este acosador. Si todos los fans locos fueran iguales, podría hacerme con un equipo de guionistas...

—Supermadres del mundo...

Pero ¿qué secuencia grabamos antes?

Cómo son las madres EN ESPAÑA → sigue leyendo.
Cómo son las madres EN LATINOAMÉRICA → pasa a la página 94.
Cómo son las madres EN MARRUECOS → pasa a la página 96.

CUANDO TU MADRE SE ENTERA DE QUE SUSPENDES (EN ESPAÑA)

Vale, a ver, colega, decidimos empezar con la toma de España porque no tengo que poner acentos raros ni sobreactuados. Que me encanta hacer el tonto, pero, claro, no cuesta lo mismo actuar con tu tono de voz que poner otro.

Le endiñamos a Héctor el móvil para grabar, y parece que se apaña. Si le cedemos la cámara, es porque necesito que Paul haga de hijo, no os penséis que ahora somos una chupipandi. Yo ya me he puesto el traje y no me lo pienso volver a quitar hasta que acabemos de grabar, así que lo de hacer dos papeles ya no lo veo viable.

ÉPICO, ¿VERDAD? Imaginad tres escenas así. Madre mía, habría sido la polla. Pero lo que pasa es que... no acabo de controlar el salto, y cuando me tiro, acabo encima de Paul.

—¡Hostia, colega! —oigo que grita Héctor, y corre hacia nosotros—. ¿¿Estáis bien??

Yo me levanto como si nada. Obviamente, no me he hecho daño gracias al supertraje. Pero Paul... Paul está destrozado, tirado en el suelo. Madre mía, otra movida más. Me quito la bata y le devuelvo los vaqueros a Héctor mientras intento que Paul reaccione:

—¿QUÉ TE HAS HECHO, HERMANO? ¿ESTÁS BIEN?

—La pierna... —se queja entre gruñidos. Todos dirigimos la mirada hacia su pierna y la vemos completamente doblada en un ángulo que parece poco natural... Vamos, que la tiene doblada ¡¡al revés!!

—Joder. Héctor, llama a una ambulancia.

El chaval se pone nervioso, pero al final le sale todo bien. Yo, mientras, me quito el supertraje y me guardo el Kibabphone. Empiezo a recoger las cosas y en unos diez minutos llega la ambulancia. Llamo a mis padres, claro, y a los de Paul (qué remedio me queda).

En el hospital, cómo no, nos cae la bronca del siglo. ¿Lo peor de todo? Que no sé cómo mi madre me ve el iPhone, que me sobresale del bolsillo, y me lo coge. **¡¡ME COGE EL TELÉFONO, TRONCO!!**

—Isto no es tuyo, Hamza... ¿Lo has robado?

—¡Claro que no! —rápido, piensa una excusa—. Lo he... encontrado en el descampado...

—Quiero que mañana mismo lo llivis a comisaría.

JODER.

GAME OVER, TÍO.

VUELVE A LA PÁGINA 91 PARA ESCOGER OTRO CAMINO.

CUANDO TU MADRE SE ENTERA DE QUE SUSPENDES (EN LATINOAMÉRICA)

Cuando me fijo en el cinturón tan guapo que lleva Paul, decido empezar por la toma de los latinos. Ya que no se ha querido quitar los tejanos por mí, le pido el cinturón. Esto sí que me lo presta, menos mal.

Le dejo el móvil a Héctor para que nos grabe, ya que Paul tiene que hacer de hijo en este vídeo. Como ya me he puesto el traje y encima voy a tener que hacer saltos y piruetas y cosas así, no me apetece ir cambiándome. Mejor grabar del tirón y luego editarlo. Allá vamos:

ÉPICO, ¿VERDAD? Si hubiera grabado las otras dos escenas, habría quedado de puta madre. Pero... no sé si es por la emoción, por la adrenalina esa o por la fuerza de la gravedad, pero justo cuando llego al suelo se me escapa el cinturón y le da a Héctor en toda la jeta.

—**¡¡AAAAHH!! ¡¡MI OJOOO!!**

—**No me jodas, tronco —dice Paul.**

Y yo no puedo dejar de gritar «Mierda, mierda, mierda». Primero porque, seguramente, le acabo de sacar un ojo. Y segundo porque Lina nunca se va a creer que ha sido un accidente, ¡ni loca se va a creer que ha sido un accidente!

—A ver, calma, una ambulancia —dice Paul.

Mientras él llama yo me quito el supertraje y me guardo el Kibabphone como puedo. Luego voy hacia Héctor y le doy la toalla de Fatema. Sangra un poco. Madre mía, como lo haya dejado ciego, la que me va a caer. No voy a pisar la calle en cinco años. Y quizá acabe en la cárcel.

Cuando llega la ambulancia, examinan a Héctor y nos meten a todos adentro para acabar las pruebas en el hospital. Todo pasa bastante rápido. De hecho, cuando me doy cuenta, ya estamos en un box.

Vaya movida, colega. Sales de tranquis, a pasarlo bien, y de golpe te encuentras en un jodido hospital.

Quizá a la próxima debería preguntarle qué hacer a Habibi. ¿Tendrá una opción de emergencias? Me saco el Kibabphone para comprobarlo, pero... Mier-da.

No está. Se me ha debido de caer. ¡¡¡HE PERDIDO EL MÓVIL!!!

Game over, Brother.

Vuelve a la página 91 para escoger otro camino.

CUANDO TU MADRE SE ENTERA DE QUE SUSPENDES (EN MARRUECOS)

Los tres nos miramos al mismo tiempo. Está claro por dónde hay que empezar:

—**¡Fatema!** —**gritamos.**

Luego le paso el móvil a Héctor y le digo que grabe él. Paul tendrá que hacer de hijo porque yo ya me he puesto el supertraje y, la verdad, prefiero grabarlo todo de una vez y ya olvidarme, en lugar de estar transformándome y destransformándome. Así que cojo la toalla, me la coloco en la cabeza y empezamos a grabar.

Épico, ¿verdad? Así pensado y con las otras dos escenas... Madre mía, vaya videaco me habría quedado, ¿no? Bueno, pues no es así. Porque cuando estoy a mitad de la caída, o casi llegando, qué sé yo, la verdad, se me resbala la puñetera chancla de las manos, me da en toda la cara y me rompo en dos.

Que vienes tú y me dices: «Hamza, un chancletazo pica, pero tampoco es para tanto». Pues me cago en tu cabeza, macho.

No es ni medio normal lo que pica, colega. Llego roto al suelo, y me hago una bola.

Caigo mal. No; caigo fatal. Pero eso no me duele. Paul y Héctor se acercan a mí, preocupados.

—¿Qué te duele? ¿Qué te pasa?

No puedo ni hablar. Me quito las manos de la cara y lanzan un grito ahogado. **¿Qué les asusta?**

—Tío, tienes la suela de la chancla grabada.

Héctor me pasa el móvil con la cámara abierta en modo selfi y me miro. Joder. Se puede leer perfectamente el logo de Jagüayanas. Me extraño yo también. Aún dolorido, me intento levantar con la ayuda de mis colegas.

—Hostia, no sé cómo... —intento explicar, pero me dicen que me calle. Nos sentamos en un murete y me quito el supertraje. El dolor sigue, pero tanto Paul como Héctor me empiezan a decir que la marca del golpe me está desapareciendo. Me siento como si me hubieran dado un palizón. **¿Qué ha pasado, joder?**

—Creo que ya lo sé... —dice Héctor, y entonces me doy cuenta de que he hecho la pregunta en voz alta—. Acabamos de descubrir tu kryptonita.

—¿El qué? —pregunta Paul.

—**Tu talón de Aquiles.** —Paul y yo nos quedamos igual—. **Tu punto débil...** Quiero decir, SU punto débil. Lo único que puede derrotar a Abdulman.

—...

—¿Un chanclazo? —pregunto, extrañadísimo—. ¿Qué tipo de punto débil es ese, colega?

Héctor se encoge de hombros. Claro, qué va a saber el pobre. Eso sí; no le cuestiono mucho más la teoría, porque la estoy sufriendo yo mismo.

—¿Seguimos grabando?

Sigue la historia en la página 100.

Vuelve a la página 91 para descubrir los otros caminos.

KITIBÓXERS

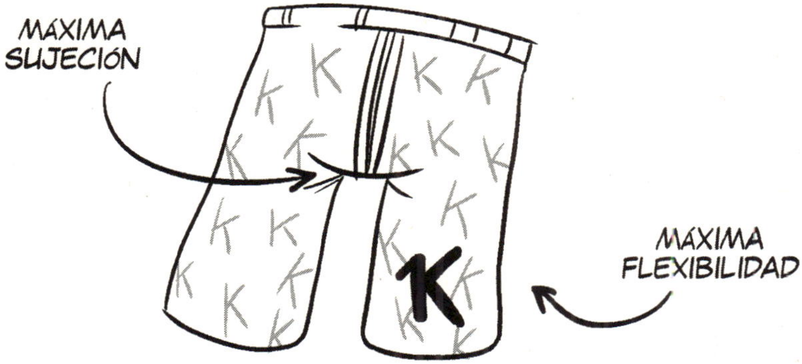

EL DISEÑO MÁS CHULO DE TU BARRIO.

TEJIDO CÓMODO 100%
ALGODÓN MARROQUÍ.

PRÓXIMAMENTE EN
WWW.KITIPASASHOP.COM

Capítulo 15-A
SER HÉROE PARA ESTO...

Al final se me pasó el dolor y la marca, por lo que acabamos grabando, pero fue algo muy distinto a lo planeado. Aun así, el vídeo tuvo éxito. Así que todos contentos.

El resto de la semana pasa con bastante rapidez, como si fuese un huracán. Paul y yo hemos aprendido la lección por primera vez en nuestra vida: **nada de chanclas** y, sobre todo, **nada de luz del día**. A partir de ahora, las burradas, por la noche. Así que nos escapamos un par de noches, cada uno de su casa, y acabamos en el Colgao probando otros trucos del supertraje. La supervelocidad cada vez la controlo mejor, y ya soy un experto en saltos (sin chancla de por medio).

Pero, en realidad, es **decepcionante**. Soy un superhéroe, pero no me hago invisible. Ni suelto rayos por los pezones. Ni puedo alargar

partes de mi cuerpo a mi interés. Que no es que me haga falta, eh; que por el vídeo del Macarrón vaya fama me habéis metido. Pero, bueno, para acabar con los malos en una persecución, no me vendría mal estirar un brazo y solucionarlo todo.

Y en eso estamos: **los malos. ¿Quiénes son? ¿Qué quieren? ¿Dónde andan?** A lo tonto, ya hace más de una semana que tengo el Kibabphone en mi poder y que el Hamza Jedi me avisó del peligro que se cernía sobre mí. Y aún no sé nada de ellos. Pero seguro que ellos ya me han visto.

Gracias, Twitter.

En verdad, todo esto me pone muuuuy nervioso, pero intento no pensar en ello. ¿Y qué hago, colega? ¿Me pongo a investigar? El sábado, desayunando unos churros, lo hablo con Paul en el mercadillo, pero él tampoco sabe por dónde empezar.

—¿Y si lo hablamos con Héctor?

—No flipes, hermano —le respondo.

—Con lo de la crinconilla acertó.

—Kryptonita, tío. Pero, a ver, no le vamos a estar pidiendo ayuda todo el rato a ese pringao. Tenemos que ponernos las pilas. Tenemos que ser... **Fatema Holmes**.

Se ríe aún con una porra en la boca y a mí se me sale el chocolate por la nariz. Es entonces cuando me doy cuenta de que hay mucha gente por la calle. En parte es normal, porque es sábado: las marujas comprando, los niños en la calle... El día perfecto para camuflarse entre la gente y cazarme. A mí o a Abdulman. O a los dos, porque somos el mismo, **menuda tontería**.

—Paul, podrían estar en cualquier lugar. Todas las tiendas son sitios perfectos para blanquear la pasta.

—La pasta solo se blanquea si la cueces.

Me lo quedo mirando.

—**Qué chiste más malo, tío**. Mira que te quito de mi libro, eh.

—Bueno. Lo que iba a decir es que dudo que unos malos de los que tienes que salvarnos se dediquen a vender mandarinas o jerséis de lana.

Tal vez tenga razón. Cuando acabamos de comer, pagamos y nos vamos. Yo decido tirar para mi casa porque no parece haber un plan mejor; además, estoy cansadísimo del ritmo de vida de superhéroe nocturno.

Mientras vuelvo, me fijo en un tío con pintas muy canis que aparece al final de la calle. Es bajito, muy delgado y lleva sobre los hombros un saco lleno de ropa, o eso me parece. Va con su chandalico blanco, sus Adidas, su gorra girada...

¡¡Joder!!

Me cago en mi vida, colega.

Es el cani que me quiso robar el Kibabphone.

El único tiparraco, fuera de mis amigos, que me ha visto transformarme en Abdulman.

Me escondo detrás de la primera esquina que pillo y me voy por otro camino hasta casa. Sí, ya sé que es de cagao, pero **¿qué pasaría si me reconociera?** Fijo que me vendería a alguna televisión o algo. Científicos investigarían conmigo y me requisarían el iPhone. Sería una putada muy grande.

Te lo juro, hermano, demasiadas pelis de **Marvel**.

Intento no pensar en ello, entro en casa y me encuentro con otro percal.

Mi madre y mi hermana están en el salón, descalzas y rascándose los tobillos como si la vida les fuera en ello. Me fijo más y veo que tienen la piel roja.

—Uff, quí picor, niña.

—**¿Qué coño hacéis?** —se me escapa.

—**Isa boca, *habibi*, o voy a por il Mistol.**

—Mamá, jopé, que ya te dije que eran unos calcetines muy baratos. *Demasiado* baratos.

Entonces lo veo: una bolsa llena de calcetines está tirada en el suelo, al lado del sofá. Hay un paquete abierto y dos pares de calcetines arrugados, ya probados.

—Deben tener chinches o algo así —dice Lina.

—**¿No sería mejor que os ducharais?** Os vais a pelar la piel —les aconsejo. Nunca creí que llegaría a ser la voz de la razón dentro de mi familia.

Desesperadas, me hacen caso. Ya tienen que estarlo para que me escuchen.

Pero qué raro me parece todo, colega... Me acerco a la bolsa y toco uno de los paquetes de calcetines. No sé, tío, parecen suaves. No pican... Pero no pienso probármelos, no vaya a ser que acabe arrancándome la piel de los tobillos a tiras.

Mejor me voy pa mi habitación.

En fin, mejor me voy pa mi habitación → sigue leyendo en la página 105.

O puedo quedarme e investigar el misterio de los calcetines → sigue en la página siguiente.

Capítulo 15-B
INVESTIGACIÓN CANCELADA

Pero qué raro me parece todo, colega... Me acerco a la bolsa y toco uno de los paquetes de calcetines. No sé, parecen suaves. No pican... Pero no pienso probármelos, no vaya a ser que acabe arrancándome la piel de los tobillos a tiras.

Compruebo todos los paquetes de calcetines. **Grises, negros, Blancos**... Todos iguales, solo cambia el color. Son suavesss... y ya sé que he dicho que no me los pondría, pero...

Al principio están bien. Quiero decir, son unos calcetines como otros cualesquiera, tampoco es que yo sea un experto.

Pero de repente...

Pica. Joder. **¡¡JODER!! ¡¡PICA MUCHO!!**

Me quito los calcetines y el picor no se va.

Pica.

Me voy corriendo al lavabo. Mi madre está ocupando la bañera y Lina el bidé. **¡JODER!** Levanto la pierna y la meto en el lavabo. No puedo parar de rascarme. Si hay una cámara oculta, se estarán partiendo en el otro lado.

Y nada, chavales. Esto es lo que pasa si me obligáis a investigar el misterio de los calcetines. Que meto la pata donde no debo.

Se me están pegando los chistes malos de Paul, tío.

Anda, **vuelve a la página 103**.

CAPÍTULO 16-A
EL REENCUENTRO

Vale, reconozco que antes de irme a la habitación toco los calcetines por curiosidad. Son bastante suaves, y no parece que piquen... Pero, por si las moscas, no me los pruebo. Paso, colega, no soy tan idiota. Esto sería más bien algo que me haríais hacer en una línea paralela de la historia. O en un reto. Pero esto no son las tendencias de YouTube, **así que PASO y me voy a mi cuarto.**

Me pongo a editar con el móvil un vídeo que grabamos hace un par de días y lo dejo subiéndose. Mientras lo anuncio por mis redes, una especie de tarjeta entra en la habitación por debajo de la puerta.

¿Qué coño? Me pregunto si he viajado en el tiempo al siglo XX. ¿Quién manda una nota en vez de un Direct?

Dejo el móvil a un lado y me agacho a por la cartita. «Sé lo que hiciste hace dos semanas en el Colgao».

—**¡¡Yasser, me cago en tu vida, hermano!!** —grito en cuanto reconozco su letra.

—Me debes cincuenta pavos —me responde desde el otro lado de la puerta.

Abro y me lo encuentro ahí mismo; ni se ha movido tras pasarme la nota.

—Que no hice nada, tío, ¿cómo te lo digo ya?

—Os escuché a Lina y a ti.

—**Pues chívate, macho** —le suelto, intentando que no se note lo tenso que me ha puesto.

Me sonríe y, sin más, se va. Vaya listo. Ceder a su chantaje no solo me delataría, sino que me haría perder la mitad de los ingresos del mes. Si me comprarais más sudaderas, tendría dinero para regalar a mi hermano y a toda mi familia, pero no es el caso, **¿eh? ¡A ver si os ponéis las pilas!**

En fin, que me caliento un montón y le arreo una patada al escritorio. Por suerte no lo rompo como hace Wismichu. Eso le pasa por comprar muebles baratos del **IKEA**.

Sigo rayado igual. Oigo que mi madre y mi hermana salen por fin del baño; están más calmadas; parece que el picor se les ha pasado. Eso sí, mi madre jura que va a quemar los calcetines. Esto me trae de vuelta el tema... ¿Y si tiene que ver con algo de la banda?

La charla con Paul durante el desayuno vuelve a mi cabeza. Un negocio para blanquear dinero... **¿Dinero sucio oculto en calcetines de mala calidad? ¿Una mercería es el nuevo negocio de NARCOS?**

Fua, no aguanto más, salgo a investigarlo → sigue leyendo.

Si la movida va de drogas, mejor me quedo aquí, tío → salta a la página 113.

Hay que moverse, colega. Hay que espabilar. Si los malos no vienen, ¿tendré que ir yo a por ellos, no? Me pillo una mochila y salgo directo a la calle. Me aseguro de que llevo encima el Kibabphone. Bajo a la calle y miro la hora: no queda demasiado tiempo; pronto cerrarán todas las tiendas. También la mercería.

Choco contra alguien, pero sigo a mi rollo; ni lo he visto, la verdad. Lo que aca-

MERCERÍA
!!
ERES LUCY_MILI, ¿VERDAD?

¡HEY, ESPERA!
HEY, YO...
POR FAVOR NO ME HAGAS FOTOS. NADA DE SELFIES.
¿QUÉ?
HM, ¿HOLA? NO VOY A DEJAR QUE ME SAQUEN FOTOS EN UN MERCADILLO DE CARABANCHEL, O SEA...
YO SOLO BUSCABA UN FULAR CUTRECILLO PARA SUSTITUIR MI PAÑUELO DE HERMÉS QUE ESTÁ EN LA TINTORERÍA, ¿SABES? ES QUE FLIPO COMO FLIPPER CON MI PADRE, TÍA.
PERDONA, ¿QUÉ?
NO SÉ QUÉ ES ESO.
MI PAÑUELO DE HERMÉS.
WHATEVER.
¿NO ME RECONOCES?
¿QUÉ?
HOSTIA, VAYA CAGADA, QUE ME VIO DISFRAZADO DE ABDULMAN...
¡¡ERES EL DE LOS VÍDEOS DEL INSTA!!

bo de arrollar sin querer podría ser perfectamente una vieja, pero ni me he pispao.

Pero cuando llego a la plaza de la mercería del barrio, me quedo paradísimo.

¿Y ahora qué? Aquí solo hay marujas, viejecitas y niños llorando, suplicando a sus madres volver ya a casa. Huelo los churros del camión que ya está recogiendo y me rugen las tripas como a un león. Parezco el del anuncio de los cereales. Tendré que entrar en la jodida mercería, con todos sus hilos colgando y sus tapetes de la abuela.

Diréis, bueno, vale, quizá no es la mejor manera de que te reconozcan, pero eso no es lo importante: lo importante es que la bloguera más buenorra del mundo ***sabe quién soy***, y **MENOS MAL** que no me ha reconocido como Abdulman con mi metedura de pata.

—**Le ENCANTAS a mi hermano**. Le tienes ***living***. Siempre me dice: **«Lucy, tía, hazte su amiga»**, pero es que no coincidimos en ningún evento, chico. ¿Abdullah te llamas?

—Ha-Hamza.

—Yo soy Lucía Carretón, pero me llaman Lucy.

Y me vuelve a guiñar un ojo.

Madre mía, colega.

—¿Vamos a un Starbucks y charlamos un rato?

—Mmm, bueno, chico, no te conozco. Pero oye me flipa el Starbucks, así que, okay, vamos. Necesito salir de aquí, creo que ya me han hecho alguna foto...

Sí, ya sé que estaba a punto de desmantelar una banda criminal, pero ha pasado algo aún más épico.

¡HE LIGADO!

Capítulo 17
EN LA BOCA DEL LOBO

Bueno, ahora os voy a contar lo que pasa mientras yo estoy en el Starbucks con Lucy Carretón. ¿Os pensabais que iba a ir todo seguido o qué?

La cuestión es que leáis. Que sois unos vagos. Y si os hago dar vueltas por la historia, pues mejor. Para una vez que abrís un libro y que yo lo escribo... **Que Dure, ¿no?**

Antes de que me ponga como una campaña prolectura del gobierno, porque vaya coñazo, mejor os dejo una cosa clarita. Al salir de casa, no choqué con una viejecita. Sois unos primos, **¿eh?** Y yo más, ojo, que también me lo tragué. Una Señora de Carabanchel no se quedaría en el suelo, calladita e indefensa: saldría detrás de ti con el tacatá hasta que el que tuviera la cadera rota y una prótesis de menisco fueras tú.

¿Y a quién me llevé por delante? Os doy una pista y así os sigo contando: mientras Lucy se toquetea el pelo y mancha de pintalabios su vaso, el pavo está entrando por una puerta azul metalizada.

Y esta vez tampoco se ha electrocutado el cabrón.

Después de atravesar el largo pasillo y entrar por la puerta de la contraseña, se dirige de nuevo al piso de arriba. Pero no entra al despacho, sino a una sala gigantesca. Allí, le reciben unos cachas enormes, dos tíos con bata y el Capo.

La habitación está a rebosar de sacos llenos de algo. No puedo decir de qué porque están cerrados, así que tanto pueden ser bolsos de imitación Miguel Kars o gayumbos Dulce y García.

Por cierto, me tenéis que comprar los bóxers kitipaseros.

El **Primo #1** deja un saco más en el suelo que ha estado cargando todo el camino. Este es pequeño y está mucho más vacío que el resto. Al caer, se abre y salen rodando unos calcetines hechos bola.

—**¡¡UN DESASTRE!!** —grita el jefazo—. **¡UN MALDITO DESASTRE!**

Su vozarrón retumba por todo el pequeño almacén; el Primo #1 se encoge, cagaíto de miedo, e incluso los cachas dejan escapar un gesto asustado. Eso sí, los hombres con bata no mueven ni un solo dedo.

Y eso que la bronca va con ellos.

El Capo se acerca y les amenaza con un dedo.

—**¡¿CÓMO HA PODIDO OCURRIR ALGO ASÍ?!**

No hay respuesta.

—**¡¡PICORES!!** ¡¡No era ese el efecto que buscábamos!!

—Señor, con todos mis respetos, ha tenido que ser un error humano. No nuestro. Nuestra fórmula, aunque experimental, es precisa —dice uno de ellos.

—Creemos que ha podido ser un fallo de fabricación. Quizá tengamos que cambiar de tejido o la ejecución —continúa el otro.

—**¡¿QUÉ?! ¡Perderíamos Dinero! ¡Acaba De llegar a Barcelona un Barco lleno De hilos!**

—No funcionará con licra, señor —aclara—. Tiene que ser algodón. Estamos seguros.

—¿¿ALGODÓN?? ¡¡Pero qué os pensáis!! ¿Que somos una marca de las que patrocina mi hija en su Instagram o qué?

Nadie se atreve a responderle. Mientras tanto, Lucy y yo nos reímos en la cafetería. Le digo de ir a un bar y comer algo.

—Señor, solo así...

—¡¡Callad!! ¡Dejadme pensar!

Y todos se callan, cómo no. El jefazo da miedo. El Primo #1 está a puntito de cagarse encima, y los cachas están pensando en llamar a sus mamás. Los de la bata blanca siguen sin mover un dedo: saben que la razón, la ciencia y su puñetero invento juegan a su favor. Saben que son necesarios y que el Capo no puede sustituirlos.

Al fin el jefe habla y todos dan un salto:

—Alguien me debe un favor. Puedo venderle cara la licra... —piensa en voz alta. Luego, con un tono de voz más fuerte, les dice a los científicos—: Vosotros, vuelta al trabajo; quiero que os aseguréis de que con el algodón nada de esto va a pasar.

Dicho esto, los dos hombres se van; ahora el Capo se dirige al resto:

—¿Qué hacéis, pasmarotes? ¡¡A seguir patrullando!!

—Pero esh que, jefe... —intenta hablar el **Primo #1.**

—¿¡QUÉ!?

—Ya tengo localizado al Abdulman ese, pero ahora segurísimo... Confirmamosh su identidad. He tenido un encontronazo con él.

Estoy jodido, colega.

Sigue la historia en la página 119.

CAPÍTULO 16-B
EL DESENCUENTRO

Qué queréis que os diga, **¿que soy un cagao?** Pues no. No lo voy a decir, aunque lo sea. Porque te lo juro, hermano, si hay un negocio oscuro detrás, yo no quiero saber nada. Sí, ya sé que soy el justiciero, el superhéroe, Abdulman llegado de otra dimensión... Pero una cosa es salvar el mundo y la otra que se meta la pasma de por medio.

Demasiado tarde. Qué rayada, macho.

Cojo el móvil y me meto en Twitter, para despejarme un rato. Deslizo, deslizo...

Espera. Pon pausa. Rebobina. **¿Ké?**

El *hashtag* es **#MerCamiU**. Me meto y prácticamente lo único que veo es, de forma repetida, dos fotos de Lucy en el mercadillo. En una, mira a cámara, con las gafas de sol puestas y con la boca totalmente abierta, pillada con las manos en la masa (o, mejor dicho, con las manos en un pañuelo de imitación). En la otra foto, borrosa, se la ve saliendo a todo correr. La verdad es que esta última hace gracia por sí sola. **Pero ¿lo mejor? Lo mejor son los memes:**

Reconozco que me estoy un buen rato mirando los **tuits**, los **chistes**, las **críticas** que le están haciendo; de hecho, me siento tentado de darle **RT** a algunos, pero me contengo. Nunca sabes qué tuit puede quitarte la posibilidad de ligar.

Y entonces caigo.

Lucy está en mi barrio.

Esta chica rubia despampanante a la que salvé el otro día **está en mi barrio**.

¿Y yo riéndome mirando Twitter?

Soy gilipollas, colega.

Me levanto de la cama de un salto y me voy hacia la calle. Aunque ya se ha convertido en el primer ***trending topic*** en España, la publicación de las fotos originales es de hace solo media hora. Vaya alcance tiene, ya me gustaría a mí, hermano. En fin; que si hace media hora de las fotos, quizá está aún por Carabanchel, **¿no?** Quién te dice a ti que no se ha perdido, o que a su chófer no se le ha acabado la gasofa, o que se ha metido en cualquier callejuela a llorar.

Pero lo más probable es que se haya cogido el metro camino a La Moraleja.

Así que aquí estoy, corriendo por las calles del barrio, en busca de una melena rubia que llame mi atención. Pero si algo hemos aprendido a lo largo de más de cien páginas de trepidantes aventuras, es que siempre me tengo que meter en alguna movida. **¿Y acaso me las he buscado?**

Bueno, digamos que cuando me transformé en pleno Retiro y acabé siendo viral un poco sí que me lo busqué.

En fin, colega, a lo que vamos: que mientras corro, choco con alguien.

Y al suelo.

—**Joder, hermano, qué daño** —digo en voz baja, e intento levantarme.

Luego, como soy muy buen tío, me acerco para ayudar al tipo que se ha comido mi cabeza; y como tengo poco cabezón, hasta le he podido partir el labio al pobre. Pero cuando me fijo... La gorrita, la camiseta rollo béisbol, los pantalones Adidas, las zapatillas chandaleras...

Me cago en mi vida, colega.

El **Primo #1.**

Igual que me he acercado a él, me alejo dando pasos hacia atrás, lentos, como si el chaval fuera un puñetero león. Joder, que me sacó una navaja. Y no puedo permitirme transformarme otra vez en Abdulman delante de él, en medio del barrio, ahora a plena luz del día.

Cuando estoy a punto de salir corriendo, el tío levanta la cabeza y me ve. Ya le podría haber tapado la vista ese pedazo de gorra que me lleva, que hasta le va grande. Pero no. **Me ve. Y, encima, me reconoce.**

Joder.

—Tú...

Que viene.

—**¡Tú eresh el frikazo del otro día!**

Y la verdad, no ha acabado la frase y ya me he dado media vuelta para salir corriendo.

—**¡EH!**

Vale, vale... Quizá huir no ha sido buena idea. Me podría haber hecho el loco, ¿no? Pero hacerse el loco con un loco es bastante peligroso. Y, perdóname que insista, a lo Matías Prats, pero llevaba una navaja, y aún no he probado si el supertraje es resistente a cuchillas.

Ni ganas, la verdad.

Así que el plan es este: correr hasta despistarlo, salir del barrio, darle a entender que no vivo aquí. ¿Y si ha visto mis vídeos? Nah, entonces me habría soltado el «**kitipasa**».

—**¡¡ABDulman!!**

Será cabrón.

Corro más rápido, pero no tardaré en quedarme sin aire si sigo a este ritmo. Joder, ojalá pudiera transformarse y usar la ultravelocidad. Pero sé que eso no es una opción.

Por suerte, llego a un camino en el que puedo girar varias esquinas de forma muy seguida (si no lo despisto aquí, jamás lo conseguiré...), y entonces... Entonces ¿qué? **¿Transformarme?** ¿Acabar en comisaría? ¿Hacerme el loco? La verdad es que ni siquiera tengo que pensarlo, porque al girar la siguiente esquina...

PAM.

Y al suelo otra vez.

—**Jopetas, tíaaaaa** —se queja la persona con la que he chocado—. Como se me haya ensuciado la Burberry ya verás tú...

Me levanto con cuidado y me olvido casi totalmente de que me está persiguiendo el **Primo #1.** Joder, esta vez me he dado un buen golpe en el culo. Me hubiera puesto a gritar como un gilipollas, pero me doy cuenta de que la persona contra la que he chocado es una tía, y cuando la miro, casi me vuelvo a caer.

Es **Lucy**.

La mismísima **Lucy_Miu.**

Sin pensármelo dos veces, me acerco más a ella y la cojo de la mano para ayudarla a levantarse. Me mira tímida y cualquiera diría que tiene **TRES MILLONES DE SEGUIDORES EN INSTAGRAM.**

Y ahora viene mi jugada desesperada; mi jugada desesperada para salir disparado de allí y despistar al cani navajero; mi jugada desesperada para intentar ligar con la tía más increíble que he visto en mi vida. No le suelto la mano y le digo:

—Oye, ¿te apetece ir a algún Starbucks?

Lucy se queda un momento callada, mirándome muy fijamente.

—No te conozco, pero me flipa el Starbucks. Y no solo por subir fotos a Instagram**, ¿eh?**

Y así, arrancamos a correr.

Para seguir la historia, ve a la página 110.

Capítulo ESPECIAL
LA DISYUNTIVA DE TU VIDA

A ver, colegas, primero una cosita: una disyuntiva es cuando te encuentras con dos opciones posibles y tienes que escoger. Ya sabéis, como cuando el caballero de brillante armadura va por el bosque a salvar a la princesa o a Rapunzel, o a pegarse una juerga padre con las brujas y se encuentra con dos caminos; uno muy amenazador y otro lleno de flores y muy luminoso.

Os queda clara la imagen, **¿no?**

Bien, así me gusta.

Pues ahora me encuentro en un punto de la historia en el que tienes que elegir. Y esta decisión tendrá consecuencias. Vaya, que si escoges mal, te vas a aburrir más que un pijo sin un poni.

Así que, nada, **tú eliges** por dónde tiramos ahora:

¡LUCY ME INVITA A SU CASA, CHAVAL!

Ve a la página siguiente.

LUCY ME DA MÁS CALABAZAS QUE HALLOWEEN

Ve a la página 123.

Ah, y estaba de **coña**. Os vais a partir de risa con cualquier opción.

Capítulo 18-A
SOBRE CAFÉ Y SELFIS

—O sea, ¿me estás diciendo que tienes más de dos millones de seguidores? Buah, no sabía que eras tan famoso, qué fuerte, tía.

—Sí, ya ves, no me va nada mal. Incluso tengo mi línea de **merchandising**, ¿lo sabías? —Ya ha llegado un punto, entre la cola y tomarnos el café, en que si no empiezo a impresionarla estoy perdido.

Me sudan las manos, colega.

—**¿Merchaqué?**

—Mi propia línea de ropa, con mi logo, mis frases...

—Buah, ¿me estás diciendo que también diseñas ropa?

—Más o menos. —Intento reírme un poco para quitarle importancia, porque ya ves tú, pero no sé si lo consigo. Estoy oxidasísimo, joder.

Ella me sonríe y se toquetea el pelo. Dicen que cuando una chica hace eso es porque le atraes y se interesa por ti. Pero vaya gilipollez; a lo mejor solo le molesta o se está peinando.

—Chico —dice de golpe, apartando la taza de café de su boca—, ¿tú vives en Carabanchel, no? Pues, tía, perdón, tío, es que, o sea, estoy superacostumbrada al tía. Pues podemos hacernos una foto juntos y digo que te estaba visitando. Así acallo los rumores de que estaba comprando en un **mercadillo DE BARRIO**. Si se enteran que compro ahí... es **MI FIN.**

Joder, cómo habla. *Cuánto* habla. Me ha dejado mareao, te lo juro.

—Porfii —insiste.

—Pero estabas comprando, **¿o no?**

Pone los ojos en blanco y dice que sí con la cabeza.

—Buscaba un sustituto rápido para mi Hermés, ya te lo dije, pero es que con este panorama puedo perder patrocinadores, **tía**. ***Tío***.

La pobre está rayadísima. **¿Tanto puede dañarla?** Si está más viral que nunca. No he dejado de mirar Twitter, por si acaso, bajo la mesa de la cafetería. **Los memes son brutales.**

—Bah, hagámonos la foto, así dejarán de reírse de una vez. —Y ahí va, el selfi del año, chaval.

Estoy en racha. A por ella:

—**Oye, ¿nos vamos a un bar y tomamos algo?** Unas bravas...

Y apenas lo suelto, pienso en lo estúpido que es sugerirle a una ***it girl*** ir a tomar bravas.

—***God***, **sí, hace años que no tomo hidratos.** Pero vamos a mi casa, no voy a arriesgarme a que me saquen más fotos.

Espera, **¿qué?**

—Está lejos, llamaré a mi chófer.

No me lo creo no me lo creo no me lo creo no me lo creo no me lo creo no me lo creo no me lo creo no me lo creo no me lo creo no me lo creo no me lo creo no me lo creo no me lo creo no me lo creo no me lo creo no me lo creo **no me lo creo.**

Que, a ver, no nos flipemos. Tranquilidad. Calma. Relax, hermano. Que seguramente no pases ni de la cocina, chaval.

Su chófer llega en diez minutos con un pedazo de coche que se me cae la boca al suelo. ¡Joder! Es evidente que Lucy no sabe pasar desapercibida. Ni quiere, la verdad.

El conductor sale a abrirnos la puerta y yo me siento jodidamente incómodo. Puedo abrirme la puerta, colega, y Lucy también puede. Por suerte, los dos tenemos manos. Ella entra primero y se sienta detrás del chófer y yo me coloco en el asiento trasero del copiloto. Pero justo al ponerme el cinturón, se me resbala algo del bolsillo.

El **KiBaBPhone**.

Mierda, colega.

—**¡Hala!, yo también tengo uno, tía, qué fuerte.**

Me quedo clavao en el asiento y me guardo el cacharro enseguida. Mientras tanto, ella se saca un iPhone X del bolso. Suelto un suspiro, aliviado.

—**¿Ves?** —Pero justo en ese momento, le da al botón de bloqueo y aparece un fondo de pantalla rosa con un logo extraño que me recuerda demasiado al de Abdulman—. También me lo trajo mi yo de la otra dimensión. —Sonríe.

Y se queda tan ancha.

Sigue esta historia en la página 124.

O **vuelve a la Disyuntiva** (página 119) y averigua qué pasa si me da calabazas.

Capítulo 18-B
OXIDADÍSIMO

La situación en la cafetería no puede ser más tensa, colega. **Que vale, está muy Buena**, pero ¿cómo hablar con una tía que es casi una **Diosa**?

Sigue la historia en la página 129 o **vuelve a la Disyuntiva (Página 119).**

Capítulo 19-A
EL DÚO DINÁMICO

Vale, ¿qué? A ver, ¿qué?

Más o menos esas son las palabras que me salen de la boca, pero ella me dice que me calle, que ya habrá tiempo cuando lleguemos a Villa Carretón. Porque, obviamente, Lucy no podía tener ni un pisazo ni un chalet. Su casa en La Moraleja tenía que ser una villa.

Así que pasamos el viaje en coche (en ese **PEDAZO** de coche) en total silencio. Porque claro, colega, estoy yo como pa sacarle conversación después de lo que me acaba de soltar. Mientras tanto, el móvil me suena. **MI móvil**, no el Kibabphone, quiero decir. Es un mensaje de Héctor. ¿Cómo mierdas ha conseguido mi número?

Abro el chat y veo una captura del ***stories* De Lucy_Miu.** Por supuesto, su mensaje no es el único que me llega; al abrir wasap, se me cargan todos los mensajes:

De Héctor: «Desde cuándo os conocéis???» 😱

De Wismichu: «Mucha tía pa ti JAJAJA»

De Paul: 😱 😱 😱 😱

De Asier: «Hermanooo preséntamela que está buenísimaa»

De Lina: «¿No me digas que ella es Dönner-Girl????? Me lo pedí yo!!!»

De Yasser: «Ya verás cuando se entere la mamá»

Bloqueo el teléfono sin responder a ninguno y me lo guardo. Qué plasta es la gente a veces, colega. Justo en ese momento, el chófer anuncia que hemos llegado. Miro por la ventanilla y, joder, qué pedazo de jardín, parece el campo.

—**Venga, vamos, iremos a mi gimnasio personal** —me dice mientras sale del coche, esta vez por su propio pie—. Gastón, que nadie nos moleste.

—Sí, señorita.

Los criados se acercan desde la entrada para preguntarle si queremos comer algo. Ella lo que hace es alejarlos a todos con un simple gesto de mano que se ha convertido en una orden aprendida por el servicio.

Jo-der-hermano. Lo peor de todo es que así, mandona, me gusta más.

Finalmente, llegamos a su gimnasio, una sala enorme llena de cintas de correr, bicis estáticas, esterillas de yoga y espejos. Sin decir absolutamente nada, se vuelve hacia mí, me mira fijamente y saca su teléfono mágico. Como tantas veces he hecho yo, lo desbloquea, pulsa su app y grita:

—**¡ANTES MUERTA QUE EN CHÁNDAL!**

Un fogonazo de luz llena por completo la habitación y me deja cegato perdido. Joder, con tantos espejos el efecto se multiplica. Hay tanta luz que me queman los ojos, tío. Madre mía. Me cubro con un brazo y espero unos segundos. Cuando lo aparto, me encuentro con Lucy vestida de... superheroína, supongo; aunque de superheroína japonesa. Te lo juro, hermano, se parece a uno de esos dibujos que daban por la tele.

—**Joder, colega.**

Es lo único que soy capaz de decir.

—¡Soy Sailor Moda! La guerrera que lucha contra el crimen y el mal gusto. —Se **«Presenta»,** marcándose su pose de superheroína.

No me creo mi vida ahora mismo. Como no digo nada y me la quedo mirando, hace un gesto exasperado y mueve las manos, metiéndome prisa—: Va, venga, tía, *tío*, transfórmate tú.

—¿Por qué no te transformaste cuando te robaron el bolso?

—Porque no iba a ser tan idiota y arriesgarme a que me grabara la gente con el móvil como... Espera... **¿Cómo...?** —Y se da cuenta enseguida—: **¿¿ERES ABDULMAN??**

En lugar de responderle, me transformo siguiendo los pasos de siempre y a grito de «KITIPASA, HABIBI». Una vez listo, me dice:

—Buaah, pero qué superfuerte, o sea, aunque fuiste un poco idiota, gracias por el bolso, tío, buah, pero ¿te das cuenta?, podemos combatir juntos el mal, tía, *tío*.

—**Espera, espera...** ¿Tu tú de la otra dimensión también te habló de una misión que cumplir? ¿De un peligro que se cernía?

Lucy se acerca más a mí emocionada. Los ojos le brillan con fuerza tras el antifaz, como si fuese un dibujo manga. O como si fuese una superheroína, cosa que es.

—**¡¡Sí!!** También me dijo que la amenaza estaba más cerca de lo que creía... Quizá se refería a mi pañuelo de Hermés...

Me la quedo mirando fijamente, pensando en si bromea o habla en serio. Pero entonces, exclama:

—¡¡Oh!! ¡¡Tienes que ver lo que puedo hacer!! **¡¡Por fin se lo puedo enseñar a alguien!!**

Entonces, Lucy saca de su bolsillo un espejo de esos de mano, redondos, y...

—**¡¡MECAG...!!**

—¿A que es superfabu?

—¡Esto es injusto, mis nunchakus no sueltan láseres!

Lucy se ríe y se guarda el espejo. Esta tía tiene poderes de verdad. Hay que utilizarlos... para bien, **¿no?** Céntrate, Hamza. Todo esto depende de ti.

—Pero, a ver, volvamos a lo del mal. ¿Cómo es que te dijo que la amenaza estaba cerca de ti?

—**¡Ay, sí! ¡ESO!** Pues mira, tía, *tío*, tengo una teoría superinfalible: el comisario del Museo del Prado es mi vecino de finca. O sea, vive como a dos kilómetros a la redonda, pero te juro que es la casa más cercana a la mía.

Esta tía tiene una casa más grande que todo **Carabanchel**, pero sigue con su teoría:

—Si el mal está cerca, es porque el mal va a atacar el Museo del Prado.

—¿Qué quieres decir?

—Que alguien va a robar ***Las meninas*, obvi.** Ese cuadro se ha hecho como superpopular por culpa del trap ese.

No puedo cuestionar su lógica viral.

—Entonces ¿qué propones?

—Que esta noche patrullemos el museo y salvemos el trap.

—**¿Qué? ¡Ni loco!** —ve a la página 136.

—**Esos ladrones se van a enterar** —ve a la página 132.

Capítulo 19-B
HOGAR DULCE HOGAR

No os voy a contar cómo Lucy y yo nos acabamos despidiendo en el Starbucks porque ese momento ya fue suficientemente incómodo, no es plan de revivirlo, colega. Mejor os cuento lo que pasa cuando llego a casa.

—**¡Joder, qué susto!**

—**¡ISA BOCA, *HABIBI!*** ¿Ti pinsabas que no mi iba a enterar di lo que has hecho?

—¿De qué exactamente? —Mierda—. Digo, ¡si no he hecho nada!

—¿Quí hases con una chica como esta? —me pregunta, señalándome la pantalla de su móvil. Es la foto que Lucy y yo nos hemos hecho.

—Lina, **¡Chivata!**

—¡Que yo no he sido, idiota! —me grita desde su habitación.

Mi madre me da una colleja. ¡Una colleja! Se está españolizando. ¿Dónde ha quedado su zapatilla?

—¡¡Tus hermanos no tienen la culpa de que vayas con una chica así!! ¿¿Tú has visto su Instagram?? **¡¡Va insiñando los tobillos!!**

No me creo, chaval, que mi madre sea mucho peor ahora mismo que un personaje de mis vídeos.

—¡¡Mira qué falda más corta!!

—Mamá, a ver, relax...

Pero en lugar de escucharme recoge la chancla del suelo y me amenaza con ella.

—No ti atrevas a hablarme como a uno de tus amigos, **habibi.**

Y está tan cerca de mí y susurra de forma tan amenazante que, jo-der, ¿y si es **ella** la amenaza de la que tengo que salvar al barrio?

Bueno, en realidad no sería tan sorprendente, ¿no? Las chanclas pueden casi matarme cuando estoy convertido en Abdulman y mi madre fue medalla de oro olímpica en Lanzamiento de Chancla por Marruecos en las **Olimpiadas de Barcelona de 1992.**

Bueno, a ver, que me estoy flipando.

—Mamá, solo hacemos colaboraciones para crecer como youtubers, no te preocupes por otra cosa.

Entonces es cuando oigo a Yasser soltar una risotada desde su habitación. El muy cabrón...

—**¿¿Y quí horas son istas de llegar a casa??** —Miro mi móvil para saber la hora, porque la verdad es que no tengo ni puñetera idea. Las ocho de la tarde. Bueno, mejor me callo—. Ve a tu habitación y ya hablaremos mañana.

Cuando avanzo por el pasillo, me da un chancletazo en el culo. No me lo creo, colega. Menos mal que esto es un libro y os pensáis que me lo estoy inventando todo. Y sigo por el pasillo, pero en lugar de meterme en mi cuarto, me deslizo en el de Yasser.

El portazo le hace dar un bote en la silla.

—Tío, ya te estás pasando de la raya.

—Eres tú el que me debe cincuenta pavos.

—**¡¡AAGH!!**

—Solo tienes que pagar, tío... Un poco de dinero y no habrá más sufrimiento...

Y, por un segundo, te lo juro, eh, me lo pienso. Me lo pienso porque, al fin y al cabo, son cincuenta euros solo, y YouTube me ingresará lo de este mes en una semanita o así.

Pero al segundo siguiente cambio de opinión. No sé, colega, me entra toda la rabia del mundo, te lo juro. ¿Mi propio hermano me chantajea y encima tengo que ceder? No me da la gana.

—No me sale del ra... ciocinio. Joder. —Porque lo último que necesito es que mi madre me escuche hablarle así a mi hermano. Aunque, mira, es que ahora mismo hasta le daba una leche.

Buff, respira, Hamza, respira.

—Entonces, ya sabes lo que te espera... Y ahora por el módico precio de cien euritos.

—Buah. Te estás pasando, colega.

Y, sin más, me voy de su habitación. **No es ni medio normal, ¿no?**

Para seguir la historia, ve a la página 137.

Capítulo 20-A
Donde matamos el tiempo antes de ir al museo

Aunque decido acompañarla en su loco plan de patrullar el Museo del Prado, aún quedan unas cuantas horas hasta que podamos hacerlo y, sobre todo, hasta que los ladrones se dignen a atacar. Pienso que seguramente me mande a mi casa, me diga: «**Tía, *tío*, quedemos en Atocha a las doce de la noche, ¿oki?**», o alguna cosa por el estilo.

Pero no, colega, una vez más me equivoco y me dice:

—Tía, *tío*, o sea, tenemos que pasarnos la tarde entrenando. Si no nos compenetramos, seremos un desastre de superhéroes.

—Pero ¿dónde? ¿Vamos al Retiro?

—**¿Tú estás tonto? ¡¡Aquí mismo!!**

Miro con atención la sala de gimnasia. Se me antoja algo pequeña para hacer piruetas y saltos. Hay espejos por todas partes que podrían hacer rebotar el láser de Sailor Moda. La bici estática que le ha servido de diana sigue destrozada en el suelo, lo que me hace decir:

—A ver, Lucy, tu bicicleta sigue en llamas.

—**Eres un aguafiestas.** —Suspira, y con un chasquido de dedos se quita su supertraje. Luego llama a un criado y me aconseja—: Será mejor que vuelvas a tu apariencia normal, mis criados se dan muchísima prisa.

Dicho y hecho: me des-transformo y una criada entra enseguida. Al ver las llamas sobre la bicicleta destrozada se asusta:

—¿¿Qué ha pasado, señorita??

—Oh, no sé, iba superrápido y menos mal que Hamza me ha avisado de que había un ruido raro, **¡Porque ha explotado!** —explica mientras se encoge de hombros y pone su cara de niña buena más inocente.

Esta tía es un peligro.

En fin. Como si en lugar de unas chispas, hubiera una hoguera en el gimnasio, la criada sale corriendo en busca de ayuda y de un extintor. Lucy me hace un gesto y me dice que esperemos en la cocina comiendo algo. Al parecer, disfruta haciendo explotar sus bicis estáticas y preparándose sus propios sándwiches. Me hace uno vegetal con pan integral al que le pego un mordisco por ser majo. A mí todo lo que sea verde y marrón me echa para atrás, colega.

Poco después la misma criada nos avisa de que ya está todo recogido y podemos volver a usar el gimnasio.

—Traednos ropa de deporte, por favor, Enriqueta. —La criada sale corriendo una vez más y Lucy me aclara—: Hay que disimular, si no se pensarán vete tú a saber qué.

Vaya palo saber que la idea de que sus criados se piensen que nos estamos enrollando le haga tan poca gracia.

Sin que se dé cuenta, dejo el sándwich sin tocarlo y la sigo de vuelta al gimnasio. Allí nos esperan unos chándales que Lucy mira con desaprobación. Me avisa de que como le saque una foto con eso puesto me arranca la cabeza. Literal. **Ah, y claro, no iba a tener yo suerte por una puñetera vez en mi vida,** colega: me manda al pasillo a cambiarme.

Cuando vuelvo a entrar, me la encuentro dando golpes de kárate en el aire. Golpes buenos, **¿eh?** No es que esté haciendo la friki. Cuando me ve a través de los espejos, me suelta:

—**¿Qué?** ¿Te pensabas que en mi viaje a Hong-Kong lo único que hice fue hacerme fotos con mis modelitos? Ya me lo conozco: me tratáis de superficial y los que estáis llenos de prejuicios sois vosotros.

Jo-der. Me quedo con la boca abierta. **¿Deportista e inteligente?** Eso sí que no me lo esperaba. Por suerte, el teléfono me suena y consigo disimular. Lo cojo sin ni siquiera mirar quién es:

—**¿Ya has acabado la charleta?** —me pregunta Lucy.

—Cuando quieras empezamos el entrenamiento.

—Pues transfórmate, venga. ¡Antes muerta que en chándal!

—**¡KITIPASA, HABIBI!**

Y empezamos a practicar nuestra estrategia.

Para saber cómo **le damos duro a los ladrones del Prado** → ve a la página 142.

Capítulo 19-C
POR EL BIEN COMÚN

Vamos a ver, chavales. Dejadme que pare un momento la historia en este punto, **¿vale?** Porque este punto es la hostia de **importante**.

Seguramente os estéis preguntando por qué, ¿no? Es decir, ¿qué es tan importante para que Hamza me corte el rollo mientras estoy leyendo las locuras que hace con una bloguera de moda que es también una superheroína?

Es gracioso que me lo preguntéis, porque **yo también os lo quiero preguntar a vosotros**. ¿Qué es tan importante como para decir que no a un ***locurote*** como **colarse en el puñetero museo** más importante de España para evitar un robo y convertirse en **un jodido héroe DE VERDAD**?

¿Mi seguridad?

Mi seguridad no será, porque habéis dejado ***que me tire*** de un edificio de pisos solo para comprobar que no me mataba.

No, no quiero que os lo toméis como un ataque personal. Os quiero, coño. Compráis mi libro, veis mis vídeos. **Sois lo mejor**. Solo quiero que reflexionemos todos juntos sobre las **decisiones** que tomáis en vuestra vida. ¿Por qué ser aburridos? ¿Por qué no jugársela? *¿Ki ti pasa?* **¿KI OS PASA?** ¿Por qué no quieres disfrutar de la aventura?

Venga, chavales, vamos a darlo todo salvando el mundo, ¿vale? Nadie me va a aguar los locurotes que voy a hacer al final de esta historia.

Así que **volvemos a la página 128** y escogemos la otra opción.

CAPÍTULO 20-B
LA CAÍDA DE LA ESTRELLA

Hay domingos que, te lo juro, sería mejor que no existieran. Bueno, en realidad, el domingo en general podría no existir. O no haces nada o haces demasiado. Como este domingo: me tiro toda la mañana estudiando, chaval. Más vale mayo estudiando que agosto llorando, **¿sabes?**

Pero entre el chantaje de mi hermano, las calabazas de Lucy y la falta de ideas para grabar vídeos..., voy arrastrándome por mi casa, esperando que un milagro me salve de tener que estudiar.

Y yo, **la verdad,** como si quisiera que ese milagro no apareciera jamás, escondo el móvil en un cajón del escritorio y ni lo miro. Y el

Kibabphone me lo meto debajo de la cama, para que ni me tiente salir a hacer el imbécil.

Pero cuando estamos comiendo los cinco con el telediario puesto, una noticia llama nuestra atención. **DEMASIADO.**

«SEGÚN DECLARACIONES DE LA SUSODICHA, LO ÚNICO QUE PRETENDIA ERA EVITAR UN ROBO, PERO FUE SORPRENDIDA POR LOS PROPIOS GUARDIAS DE SEGURIDAD DEL MUSEO.»
LICE
POR SUPUESTO, LAS REDES NO HAN TARDADO EN INCENDIARSE CON COMENTARIOS.
«AL PARECER, ESTO PASA CUANDO EL PRADO NO QUIERE PATROCINAR TUS PUBLICACIONES».
«LA INFLUENCER, CON MÁS DE 5 MILLONES DE SEGUIDORES EN TODAS SUS RRSS, HA PASADO A DISPOSICIÓN JUDICIAL BAJO FIANZA.»
SEGURAMENTE, QUERÍA PREGUNTAR A VELASKE SI LA ENCONTRABA GUAPA.

—Ti dije que esa chica no era buena compañía, ***habibi*** —suelta mi madre.

Yasser, por su parte, empieza a descojonarse vivo.

—**¿Quí ti hase tanta gracia?** —pregunta *baba*.

—La policía cuando venga a interrogar a Hamza.

La cara de mis padres es un poema.

—Nos prometiste que nunca vendría la polisía a esta casa, Hamza —dice mi madre, casi entre lágrimas.

—**¡Pero si no va a venir nadie! ¿Por qué le hacéis caso a Yasser?**

—¿No colaborabas con ella? —pregunta mi hermana, realmente preocupada.

—¡Solo fue una foto ayer!

—¡¡El mismo día que se dedica a robar en el Prado!! —grita Yasser.

—**EN SERIO, COLEGA, ¿QUÉ TE HE HECHO?**

—**AYYY, AYYYYYY, AYYYYYYY, QUI VAN A ENSERRAR A MI *HABIBIII*.**

—**Vas a traer la Deshonra a esta Casa, Hamza** —dice mi padre.

Y entonces alguien llama al timbre.

Nos quedamos helados. Después todos me miran a mí. Porque, claro, si vienen a detenerme a mí, pues qué menos que abrir yo la puerta y así ahorrar a los polis que pisoteen toda la casa buscándome.

Con un gruñido, me levanto de la mesa. La verdad, colega, no os voy a engañar, estoy un poco cagao por si es la pasma. Pero, cuando abro, solo me encuentro con Paul y Héctor.

—**¿Vamos a visitar a Lucy a la Cárcel?** Si es también una superheroína, quizá sabe más del tema que nosotros —dice Paul, que a veces parece que piensa.

Tiene razón, allá vamos → salta a la página 148.

Ni loco me acerco a una Comisaría → ve a la página 156.

CAPÍTULO 21-A

EL ROBO DEL SIGLO LO EVITAN UNOS INFLUENCERS

La verdad es que nunca he estado a estas horas por el paseo del Prado, colega; y mira que de fiesta me he pateado Madrid entera a las tantas de la madrugada. Y, por decirlo finamente: este sitio acojona. Tanto árbol hace que el viento haga un ruido insoportable... Encima, cada vez que oigo las hojas, creo que es un poli que nos ha pillado.

—**Por el amor de Gucci, cálmate** —me susurra Lucy.

Joder. Tengo más ganas de cagar que aquella tarde en el bar del Josema.

Intento hacerle caso, calmarme, pero, no sé, hermano, es la primera vez que me voy a colar en un museo de noche. En un museo donde se guardan obras que valen más que mi puñetera vida entera, Kibabphone incluido. Es normal que esté un poco cagao, **¿no?**

Cuando acabamos de ***entrenar,*** Lucy me mandó a dormir al ala de invitados de su mansión «para estar frescos para la noche». Después de dormir unas pocas horas, me bajó a las catacumbas de la villa. Y no es que me esté haciendo el listo, ¿eh?, ojo ahí; es que ella llamó así esa parte de la casa, **CATACUMBAS**, como si allí escondieran cadáveres o algo, pero en realidad no era mucho más que un sótano. Ok, un sótano enorme, como tres veces mi casa, pero bueno.

En las catacumbas-sótano-aparcamiento, nos encontramos de nuevo con su chófer, esta vez en un coche sin matrícula y menos espectacular. Señalé lo de la matrícula y le dije:

—**¿Esto no es ilegal?**

—Colarnos en un museo también.

Lucy parecía que estaba a punto de cumplir un sueño de la infancia. Y bueno, yo..., **yo estaba acojonadito.**

Así que, después de un viaje de un cuarto de hora a través de unos túneles secretos que utiliza la peña más Lucy de Madrid para no chuparse los atascos, aquí estamos, frente a la estatua de Velaske, con nuestros trajes de superhéroes: Abdulman y Sailor Moda salvando el mundo del arte.

Cuando me di cuenta del poder del Kibabphone, no me imaginaba salvando un cuadro viejuno, sino apaleando terroristas o algo más emocionante. Pero ya que estamos, será mejor que salga bien.

—**¿Y por dónde entramos al museo?** —pregunto—. ¿Lo habías pensado?

—Ves el porche este gigantesco, **¿no?** Pues arriba, encima, hay dos ventanas, una a cada lado, imposibles de ver desde aquí abajo en cualquier ángulo. Tengo la teoría de que no están cerradas o de que son conductos de ventilación.

—**¿Cómo sabes eso?**

—Tengo un dron. ¿Es que no has visto las fotos que me hago con él?

—Pero, a ver, ¿cómo llegamos hasta ahí? ¿Trepamos por las columnas?

—Si quieres... O sea, tía, ***tío***, yo pienso saltar desde el cabezón de Velázquez.

Y dicho esto, coge y pega tal salto que me despeina. La tía se posa en la cabeza de la estatua y guarda el equilibrio. Entonces, de otro salto, aterriza encima del porche. El viento le mueve la coleta y yo me quedo con la boca tan abierta que me llega hasta

el suelo. Desde allá arriba, me hace un gesto con la cabeza que parece decir: **«¿Qué pasa?»**.

Corriendo, voy hacia la columna y empiezo a trepar, porque no creo ser capaz de dar esos botes. Y ya sé que si me caigo, no me haré daño, eso seguro. Pero si me puedo ahorrar una leche, pues mejor, **¿no?**

Lucy me choca la mano y me señala el ventanuco: tiene el marco rojo y es bastante pequeño, pero cabremos si nos agachamos y vamos a gatas. Avanzo para entrar, pero me detiene con un brazo.

—**Yo primero** —dice.

Ni de coña, chaval, ya ha tenido su momento de gloria saltando como una guepardo; ahora me toca a mí. Sin hacerle ningún caso, me pongo delante de ella y me meto por la ventana.

Meec. **Error**, colega.

Error porque no hay absolutamente nada tras la ventana. Es meterme y me caigo de morros, de poco no me parto el cuello contra una estatua. Ya sería la risa que me colase en un museo para impedir un robo y fuese yo el que acabase cargándome una obra de arte.

Habría sido bastante épico, la verdad.

Lucy aterriza delicadamente a mi lado mientras intento levantarme. Su cara lo deja todo claro, pero no me lo restriega: ya habrá tiempo para eso. Me señala una dirección y vamos para allá.

Mientras andamos, me doy cuenta de que este museo parece una fábrica de **memes**.

#MISGANASDEESTUDIAR

Después de avanzar por un largo pasillo, ahí está, ahí lo vemos, a la derecha, lo que tenemos que proteger...

—**No veo ningún ladrón por aquí.**

—Deben de estar al acecho...

Entonces oímos pasos. Me pongo la hostia de tenso, porque los pasos no son de zapatillas o algo así, no... Son... son...

—**Zapatos** —susurra Lucy—. **¡El guardia!**

Intentamos escondernos, y debe de ser el movimiento brusco o algo, pero de golpe se encienden todas las luces y empieza a sonar una alarma que me deja sin un oído. Este volumen no lo tiene ni una discoteca a las tres de la madrugada de un sábado.

Por suerte, el guardia venía de la otra dirección, así que salimos cagando leches por donde hemos venido. Destino: el ventanuco. En mi vida he corrido tanto, colega. Lucy salta hacia la ventana y la imito **(¡¡Puedo saltar!!)**, y antes de darme cuenta estamos fuera, sobre el porche.

Pero algo ha cambiado: las luces me ciegan. Han encendido también unos focos que hay en los jardines, ocultos bajo arbustos y hierbas. Joder. Me mareo, pero consigo seguir a Lucy, imitarla, y de un salto estamos de nuevo en la acera, corriendo desesperados.

Joder.

Joder.

JODER.

—**¡Por aquí!** —me grita Lucy. Y sin pensarlo (¿estoy pa pensar algo, colega?), la sigo. Acabamos refugiados tras un árbol en un punto ciego, oscuro. ¿Nos habrán seguido? Claramente nos están buscando.

Entonces alguien me cubre la cabeza con un saco y me da un golpe en la nuca.

Ahora sí que está oscuro, hermano.

Sigue la historia en la página 154.

Capítulo 21-B
EL *MUGSHOT* CON MÁS *LIKES* DE INSTAGRAM

Cuando llegamos a comisaría, obviamente no nos dejan ni pasar de la puerta.

—**Eh, Paco, ¡estos tres dicen que vienen a visitar a la Ladrona del Prado!**

Y Paco se parte el culo de risa.

Claro. Por suerte, se ríe tan alto y tan fuerte que un tío de unos veintimuchos asoma la cabeza y nos ve. Héctor lo saluda y entonces caemos en que él es su contacto, su primo, que nos colará en los calabozos y nos dejará hablar con Lucy sin que nadie nos moleste.

Al final, me va a salir rentable lo de tener un acosador.

Ahora os contaría cómo Néstor nos cuela en la comisaría y nos conduce hacia las celdas, pero, aparte de ser un poco coñazo, es algo totalmente ilegal y le podría meter en un buen lío. Porque, a ver si nos queda claro, **Chavales:** si yo hago algo contra la ley, pues bueno, pues me meto en un lío y me llevo un chancletazo, pero si lo hace el primo de Héctor, pues pierde el trabajo y no vuelve a ser poli en su vida. Ni poli ni guarda de seguridad del chiquipark.

Así que al grano: Néstor nos guía hasta la celda y yo me espero una Lucy demacrada, llorosa, con el rímel corrido, pero... lo que veo es todo lo contrario.

—Lucy, colega, pero **¿qué haces?** —suelto sin poder evitarlo.

—**¡Anda, Hamza!** —dice sorprendida, levantándose de la banqueta—. Mira, Kika, este es el chico aburrido del Starbucks que te dije —le comenta a la chica que le sacaba las fotos, como si yo no estuviera delante—. Hamza, esta es Kika, mi representante-*slash*-abogada-*slash*-*aka beffe* de por vida.

—Hala, ya te ha puesto mote —dice Paul.

—Tíos, ¿habéis entendido algo de lo último que ha dicho? —pregunta Héctor.

—Encantado, Kika. —Es lo único que soy capaz de decir. Hay que llevarse bien con todos los agentes que te encuentras por la vida.

—¿Qué os trae por aquí, chicos? —pregunta Lucy.

—Bueno, primero, ¿qué haces sacándote fotos?

—Soy ***influencer***. ¡Estar en la cárcel no es excusa para tener mi Instagram vacío!

—Esta situación podría perjudicarla mucho —sigue Kika—. Si no sacamos algo bueno de ello, puede perder miles de seguidores en un día. Tenemos que sacarla estupenda, brillando, siendo única.

—He subido mi ***mugshot*** a mi ***feed*** y ya es la publicación con más ***likes*** de todo mi perfil.

—El tuit con la foto y el *hashtag* se han convertido en *trending topic*.

—Y solo por ello hay marcas que me están escribiendo para protagonizar sus nuevas campañas

—**Renovarse o morir.** Hay que saber aprovechar las oportunidades. Convertir la mala publicidad en la oportunidad de tu carrera.

Joder. Qué mareo. Hablan muchísimo. Después de ese discursazo, las dos siguen con su sesión de fotos.

—¿Por qué no me dijiste que también eras una superheroína?

Kika se queda helada y a Lucy le desaparecen los morritos. Su pose se tensa y gira la cabeza hacia mí. Me mira directamente:

—Tía, ***tío,*** ¿cómo que **TAMBIÉN**?

—Un simple error de cálculo.

—¡ESTÁS EN LA CÁRCEL! —le grito. ¡Madre mía! ¿Cómo puede ser que no se dé cuenta de la situación?

—*Duh*, bajo fianza —concreta Kika.

—Exacto. Mi padre me va a sacar de aquí en un periquete. No habrá ni juicio, ya verás.

—No hay nada como tener dinero —dice Héctor.

—Nos vamos del tema. Lucy, ¿qué hacías robando en el museo? ¿Qué haces con un móvil que te transforma en superheroína?

—Te podría preguntar lo mismo —contraataca.

—En realidad —interrumpe Héctor—, él no ha robado ningún museo. Ni es una superheroína.

—Héctor, tío, no es el momento.

—**¡¡Yo no he robado nada!!** —estalla Lucy—. **¡¡Evitaba un robo!!** Y gracias a que la poli me pilló y estoy aquí, los ladrones no pudieron hacer **NADA.**

Todos nos la quedamos mirando, incluida Kika, que abre la boca hasta el suelo. ¿Acaba de confesar por primera vez? Menos mal que no hay ningún policía ahora mismo con nosotros. Néstor se fue nada más dejarnos aquí. En cuanto puede volver a juntar los labios, Kika le pregunta a qué se refiere.

—A los malos de los que me avisó mi yo del futuro, tía. Ya te lo expliqué. Mi vecino es comisario del Prado.

—**¿Su vecino es poli?** —me pregunta Paul.

—Lucy, **¿qué malos?** —le pregunto yo. Me estoy poniendo muy nervioso, colega. Porque es la hostia de raro que estemos viviendo exactamente lo mismo. ¿Su yo de otra dimensión le ha dejado también un pepinazo de móvil para convertirse en una superheroína y combatir el mal?

—**Tía, *tío,*** no me rayes, yo qué sé. Los ladrones de arte que pretendían saquear el Prado, imagino. Mi otra yo no me dio muchos más detalles en el holograma... Espera... Si tú también eres un superhéroe... **¿También te dio instrucciones tu holograma?**

A VER, A VER... ESTA MOVIDA YA ES MUY TOCHA.
ESTOY DE ACUERDO.
¿CREÉIS QUE TENEMOS LA MISMA MISIÓN?
SI ES ASÍ, SOLO LOS HE DETENIDO YO.
PUES HAS ACABADO EN LA TRENA.
BAJO FIANZA.
EH, CARRETÓN, QUEDAS LIBRE. PAPI HA SOLTADO LA PASTA.

Néstor le está abriendo la puerta de la celda antes de que nos demos cuenta. Lucy se recoloca el mono de prisionera y coge la bolsa con su ropa que le acerca el policía. Antes de entrar en la habitación donde se va a cambiar, se vuelve y nos dice:

—¿Qué os he dicho, **Pringaos**? —Y me guiña un ojo.

JO-DER.

Esta tía es demasiado.

Pero, a ver, colega, céntrate. Hay muchas cosas que aclarar con ella.

Sigue la historia en la página 157.

capítulo 22-A
SIN TÍTULO PORQUE NO SÉ QUÉ ESTÁ PASANDO

Sigue leyendo en la página 164.

HAS SIDO TROLEADO

DE NUEVO

¿CÓMO SE ME VA
A OCURRIR NO IR
A LA COMISARÍA?

Sigue leyendo en la página 148.

Capítulo 22-B
¿TENEMOS UN PLAN?

El chófer de Lucy la espera nada más salir de la comisaría. Los tres, Paul, Héctor y yo nos quedamos doblaos. Vaya pasada de cochazo, colega. Parece salido de una de esas carreras ilegales de coches de lujo.

—**Señorita**, si me hubiera avisado de que serían tantos, habría traído la limusina —dice el chófer con voz de haberle metido un palo por el culo.

—Si solo somos Kika y yo —le responde. Entonces, parece que se acuerda de nosotros y añade—: ¡Ah! ¿Estos pringaos de barrio? Ni de coña entran en mi coche, **O SEA.**

—**¡¡Lucy, tía!! ¡¡Tenemos que solucionar ESO!!** —le grito.

—Lucy, cari, si eso llamo yo a Pepe y me voy con mi coche, no hace falta que me lleves —dice la agente.

—Que no, tía. Te necesito. Ha sido un trauma estar en la cárcel...

—**Ay, tía, no me digas eso, que lloro...**

Y se abrazan. Y lloran. Yo es que flipo. Flipamos los tres, en verdad. ¡Si se han estado haciendo una sesión de fotos, y ahora cualquiera diría que han estado en el corredor de la muerte!

—Va, tía, no les dejes tirados, tenemos que resolver esto, **¿Oki?** —le pide Kika.

—Oki, sí, tía, tienes razón. Va, chicos, adentro, que quiero llegar ya y darme un buen baño.

Pero justo cuando nos metemos todos en el coche, nos damos cuenta de que no hay sitio para Héctor.

—**Lo siento, colega** —le digo, y el coche arranca.

En realidad, lo siento un montón por él. Si logramos llegar a las celdas de la comisaría, fue gracias a su primo. Sin Héctor, nos habríamos quedado en la puerta, con Paco partiéndose el ojal a nuestra costa.

Puto Paco.

Pero así es la vida.

Cuando llegamos a casa de Lucy, no me puedo creer lo que veo: no es un pisazo, ni un chalet gigante. Esto es una puñetera villa, con su murete que la rodea, sus «hectáreas» (como explica el chófer), su bosque de pinos y su casoplón en medio.

Oigo cómo a Paul le cruje la mandíbula de lo mucho que ha abierto la boca.

Cuando llegamos a la entrada de la mansión y salimos del coche, un puñado de criados salen acelerados de la casa y empiezan a asistir a Lucy. Ella, que no es tonta, se hace la traumatizada y prácticamente la llevan a cuestas.

—**¿Y qué hacemos nosotros?** —pregunta Paul cuando casi nos quedamos solos en el jardín; ese es el caso que nos han hecho, que hasta el chófer desaparece.

—Pues robarle la casa entera, colega.

Que no, que es broma, chavales.

—Pues seguirlos. **¡No te quedes ahí parao, macho!**

Así que entramos en el casoplón y casi nos perdemos. En serio, loco, solo un solo lavabo de los quince que tiene la mansión ya es más grande que toda mi casa. Por suerte, Kika nos encuentra y nos lleva a la sala de espera del ala de Lucy. Porque, de nuevo, para que os entre en la cabeza, la casa es tan grande que Lucy no tiene una habitación: tiene un ala entera. **Y allí la esperamos.**

LA SEÑORITA YA ESTÁ LISTA PARA VERLOS.
¿FALTA MUCHOOOO?
SOLO UNA MILLA MÁS.
AH, YA ESTÁIS AQUÍ.
RETIRAOS, POR FAVOR.
A VER, LUCY ¿QUÉ TE DIJO TU HOLOGRAMA?
SOLO QUE HABÍA UN PELIGRO AL ACECHO Y QUE SOLO YO PODRÍA SOLUCIONARLO...
LO CURIOSO ES QUE AL FINAL DE TODO ME DECÍA QUE EL PELIGRO ESTABA MUCHO MÁS CERCA DE LO QUE ESPERABA.
ES POR ESO QUE PENSÉ QUE TENDRÍA QUE VER CON EL MUSEO, MI VECINO ES EL COMISARIO Y...
¿A QUÉ SE DEDICA TU PADRE?
¿QUÉ?
QUE A QUÉ SE DEDICA TU PADRE, PUEDE...
¿¿INSINÚAS QUE SU PADRE ES UN MAFIOSO?? ¡SUPERFUERTE!
¡¡PUES SÍ!! ¡¡ESTE CASOPLÓN NO ES NORMAL!!
¡¡SERÁS CANI!!
CLIK!

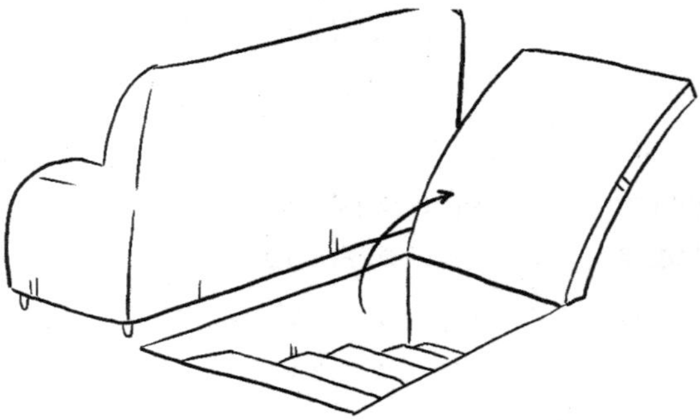

—**¿Qué cojo...?** —empiezo a decir, pero Lucy me corta.

—Joder, tías, *tíos*, os juro por Snoopy que jamás en mi vida había visto eso. O sea, **estoy flipando.**

—Tía, ¿estás segura? Esto es muy fuerte —le pregunta Kika.

—No me creo que mi habitación... tenga un túnel secreto. Esto es superhipermegafuerte, tía —contesta Lucy.

—Tu holograma te dijo que **«El mal está más cerca de lo que crees».** Tal vez se refería a tu casa —digo.

—¿Adónde llevará el túnel? —pregunta Paul.

—Jopetas, vaya cague —dice Kika—. Bajad vosotros y nos contáis.

—**¡Ni de coña!** —grita Paul—. ¿Cómo sabemos que no nos vais a encerrar? Bajamos **TODOS**.

Así que ya nos ves a los cuatro bajando las escaleras y encendiendo las linternas de nuestros móviles. Yo he cogido mi Kibabphone y Lucy su Sailorphone por si las moscas, y aquí estamos, avanzando por este túnel más negro que el sobaco de un grillo.

Lo más gracioso de todo es que hay un montón de escaleras que bajan hacia este pasillo secreto, como si cada una de las habitaciones de este casoplón tuviera una entrada secreta. Lucy se queda tan flipada que o está preparando su carrera como actriz o verdaderamente no tenía ni idea de todo esto. Aunque seguramente el servicio sí que lo sabía, porque la verdad es que el túnel, por lo poco que vemos con las linternas, está limpísimo.

Al final, llegamos a una puerta azul metalizada que parece estar cerrada. Lucy se avanza y la abre sin pensárselo dos veces.

Nos encontramos con lo que parece ser un despacho. **Un despacho elegante, pero muy ilegal.** Porque, a ver, colega, si se hicieran cosas buenas aquí dentro, no iba a estar escondido en unos túneles subterráneos, ¿no? Entonces es cuando me doy cuenta de que a los lados del escritorio hay un par de sacos.

—Ya está, ahí tenéis la mercancía ilegal, si ya lo decía yo —suelto. Es que es obvio, chaval.

Pero Paul se acerca y abre uno de los sacos y se queda con un careto que flipas. Nos acercamos a ver qué es.

—Está lleno de calcetines...

Cuando llego a su lado, veo que son los del mercadillo, los que pican.

—Hostia, esto no puede ser, son...

Y es solo entonces cuando oigo los dos golpes. Son golpes secos, muy raros, como si algo pesado cayera de repente al suelo. Cagaditos de miedo, tanto Paul como yo nos volvemos.

—No deberíais estar aquí —amenaza un tío trajeado. Es el chófer que nos ha traído hasta la casa de Lucy.

Y, te lo juro, no tengo ni tiempo de cagarme en los pantalones. Me estampa la botella de cloroformo en la cabeza y todo se vuelve negro.

Sigue la historia en la página 169.

KITIPASA

Capítulo ESPECIAL
EL VIAJE A MARRUECOS

Si queréis conocer lo que pasa si no huyo a Marruecos, **vuelve a la página 78**.

Capítulo 23-A
LOS MALOS NOS HAN PILLADO, COLEGA

—Constantemente. He sobrevivido a cinco secuestros desde los siete años. Papá siempre me los paga para rescatarme.

Me cago en todo, colega. La cabeza me sigue dando vueltas y creo que voy a volver a desmayarme. Lo último que necesito es que Lucy me cuente la historia de su vida, pero creo que si no mantengo mi cabeza ocupada, me quedaré dormido otra vez, y solo pensarlo me pone nervioso.

—**¿Quién mierdas secuestra a unos superhéroes?**

Lucy no me responde, por lo que empiezo a pensar que se ha desmayado otra vez. Cuando ya la doy por perdida, dice:

—Quizá alguien que sabe que no somos unos **superhéroes de verdad.**

Con las pocas fuerzas que me quedan tras el golpetazo y el shock del secuestro, intento darme la vuelta y volverme hacia ella, aunque ni la vea ni esté seguro de dónde viene su voz.

—¿Qué estás diciendo? ¿Tienes alguna teoría?

—Bueno, deben haber sido los malos, **¿no?** Los secuestradores. En lugar de ***Las meninas,*** han decidido robarme a mí porque van a conseguir el mismo revuelo mediático.

—¿Y yo qué pinto en todo esto?

—Meh. Un daño colateral. Quizá a ti te maten.

Estoy a punto de responderle, pero oigo un chasquido metálico. Alguien está abriendo la puerta.

Y si **ABREN** la puerta es que entra **ALGUIEN**, alguien que seguramente me ha secuestrado, y yo estoy aquí tirado en el suelo, atado de pies y manos, y con un saco de patatas de medio kilo en la cabeza.

—**Aquí losh tiene, jefe** —dice una voz.

Y yo me cago en mi cabeza. Es el **Primo #1.** Joder. No me creo que esté haciendo todo esto por un móvil.

Pero... ha llamado a un tal «**jefe**». Lo que significa que hay alguien más junto a él. Esto no puede ser solo por el móvil. ¿Qué está pasando?

Todo se vuelve más confuso cuando oigo una colleja y un «**ay**».

—Vale, vale... **Joer, perdón**... Pero yo no les traje, eh... Ahora me encargo.

Dos pasos y... gritos.

¡Lucy!

—**¡¡AAAAAHHH!! ¡¡SUÉLTAMEEEE!! ¡¡MIS PIEEEEEES!!**

—**¡¡EHH!! ¡¡DÉJALA!! ¡¡CÓGEME A MÍ, PERO DÉJALAAA!!**

De nada sirve gritarlo. Lucy sigue pidiendo ayuda, pero de golpe oigo un portazo y dejo de oírla gritar. Creo que se la han llevado.

Joder, esto no hace más que ir a peor. Tengo que hacer algo.

Me quedo esperando hasta que vuelven → sigue en la página 172.

Intento levantarme y tirar la puerta abajo → ve a la página 173.

Capítulo 23-B
COMO EN UNA PELI GORE, PERO SIN MATARNOS

—Pero ¿sigue vivo? **Jopetas**, quizá se lo han cargado...

—Que no, tranquila. Respira.

—Pero ¿y si está en coma?

—Le han dado con una botella, no con una barra de acero, **colega**...

—No se ha enterado ni cuando han venido a por Lucy...

—Porque está inconsciente.

—¿Y cuándo va a despertarse?

—**¡Y yo qué sé! Me estás poniendo nervioso.**

—Callaos ya...

Es lo único que soy capaz de decir. Joder, qué dolor de cabeza. Me han dado bien. ¿Cuánto tiempo llevo dormido?

—**¡Joder!**, se ha despertado. **¿Ves?**

—**¡Está vivo!** Menos mal...

—Pero **¿qué pasa...? ¿Dónde estoy...?**

—Estás secuestrado.

Mira, tíos, os voy a contar un secreto que os va a servir para toda la vida, **¿vale?** Si un amigo vuestro se despierta después de un golpe en la cabeza que lo ha dejado inconsciente, no le digáis que está secuestrado, porque es probable que le den ganas de vomitar, y es muy probable también que tenga que aguantárselas porque está atrapado en una celda y se da cuenta de que si pota lo va a apestar todo y se desencadenará una cadena de vómitos en sus amigos.

—**¿Qué me estás contando, colega?**

—¿Te acuerdas al menos del golpe? —pregunta Kika.

Suelto un gruñido. No por ser borde o sarcástico, es que no me da la cabeza para más, la verdad. Estoy fatal.

—**Creo que no puede olvidarlo.**

Paul me ayuda a sentarme contra la pared y poco a poco voy recuperando la orientación y todas esas mierdas que normalmente funcionan bien en mi cabeza, pero que se joden cuando, ya ves tú, te dan un buen mamporro. Así que me cuesta asimilar lo que me cuentan: que nos encerraron a los cuatro en esta celda y que, cuando todos se despertaron menos yo, entró un cani con una navaja, los amenazó a todos y se llevó a Lucy.

—Era el mismo que te intentó robar el Kibabphone...

Y, de pronto, la puerta se abre y entran dos cachas que nos obligan a ponernos contra la pared. El **Primo #1** entra tras ellos y nos amenaza con la navaja. Apenas me he despertado y ya me están metiendo en otra movida.

—Aquí mis amiguitos os van a atar y, como os resistáis, os rajo, primosh, **¿os queda clarito?**

Clarísimo. Joder. **¿Dónde tengo el móvil? ¿Dónde está el Kibabphone?**

Kika no para de gritar mientras la esposan, y Paul intenta defenderse, da unas cuantas patadas, pero los cachas lo paran sin apenas esforzarse. **¿Y yo?** ¿Qué puedo hacer yo, colega? To grogui, aún medio dormido... Me dejo esposar, y lo que tenga que ser será.

—**¡¡Daos prisa!!** —grita una voz desde el otro lado del pasillo. Todos damos un salto que llega hasta el techo, incluidos los cachas. En serio, no quiero ni pensar qué nos espera.

Obligándonos a ir en fila india, salimos de la celda y nos llevan ante esa voz...

Nos llevan ante el jefe, y no creerás lo que ocurre a continuación → sigue leyendo en la página 179.

Eh, pero ¿qué habría pasado si Lucy no me hubiera dado calabazas? → vuelve a la página 120 y averígualo.

Capítulo 23-C
CUANDO SOIS UN MUERMO

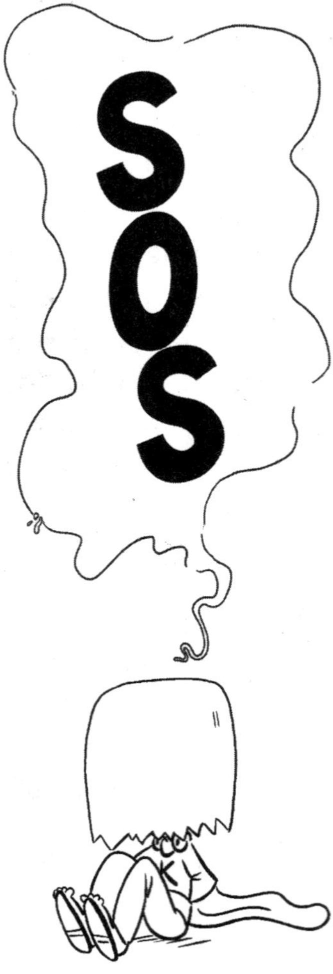

No sé por qué siempre escogéis las opciones más aburridas. Y espero que si habéis optado por esta haya sido porque os saltasteis la bronca que os pegaba en otra opción.

¿Qué esperabais de esta opción? Aquí estoy, tumbado, recuperándome de la agresión, esperando a que vengan a por mí o a que se decidan a matarme. Bueno, y también estoy preocupándome por Lucy. **Sí, ya sé que es ella** la que me ha metido en este lío, pero no quiero imaginar lo que le estarán haciendo.

Aunque tal vez ya la hayan soltado.

Eso espero.

En fin. Aquí estoy, tumbado, hasta que me venga la inspiración y me líe a tortazos con la puerta, igual que voy a hacer en la página siguiente: lo mismo que habría hecho si hubiéramos pasado a esa opción directamente. Es que os gusta el camino largo, **¿eh?**

Capítulo 24-A
Y POR FIN DESCUBRO EL PASTEL

Lo más difícil de hacer cuando estás atado de pies y manos es levantarte. Eso te lo dejo claro ya, colega. Sobre todo si tienes un **saco de patatas en la cabeza.** Entonces, además, es que estás completamente desorientado. No sé dónde tengo las paredes, no sé ni dónde está la puerta. Solo veo oscuridad, y el aire viciado dentro del saco me empieza a marear. Así que, primer paso: quitarse el saco.

¿Y cómo lo hago? Pues me encojo como en postura fetal y logro pillar el saco con mis rodillas, luego me estiro y... **¡fua!** Saco fuera.

Mis ojos identifican lo que veo. Vaya zulo. Me arrastro hacia una de las paredes e intento sentarme apoyando la espalda para poder levantarme. Digamos que no es fácil cuando estás atado como un **pollo**.

Cuando estoy de pie, miro al frente, cojo carrerilla y... contra la puerta.

De hecho, os voy a dejar un croquis tipo instrucciones de **IKEA:**

La verdad es que el primer golpe casi me deja KO. Pero eh, ¿hemos venido a jugar o no? De aquí voy a salir, con o sin hombro.

Así que me sigo estampando contra la puerta de metal porque no puedo hacer otra cosa. Sigo atado y es imposible soltarme, ya lo intento entre placaje y placaje, pero no hay manera. **Ahora mismo hay dos opciones:** o bien acabo tirando la puerta abajo o bien entran los secuestradores a darme de hostias para que deje de dar golpetazos.

Al final, una de mis embestidas abre la puerta mientras cojo carrerilla y la hostia que me doy contra la pared del pasillo que hay en el exterior es monumental. Si me llegan a grabar, el vídeo se hace viral en menos de una hora.

Me doy un golpe tan fuerte que me caigo hacia atrás y me como el suelo, pero apenas me da tiempo a saborearlo: dos cachas me cogen por los brazos y me levantan.

—**Deja de hacer el imbécil. El capo te espera.**

—**¡¡¿Qué habéis hecho con Lucy?!!**

—Está a salvo, chaval —responde el otro de los dos cachas—. La hija del jefe es intocable.

Y ahora podría gritar un **«¿qué?»** gigantesco y ocupar toda una página, pero en verdad ya os había hecho este pequeño *spoiler*. No directamente, eso sí. **¿Os habíais dado cuenta?** ¿No? ¿Eh, eh? Bueno, como no es tan sorpresa no soltaré ese **«¿qué?».**

Bah, venga, ¿a quién engaño ya, colega?

Ahí va:

¿QUÉ?

—Andando, chaval.

Me cogen como si pesase menos que un palillo y me llevan a rastras por el pasillo. Y yo no puedo dejar de pensar: **«¿Y si Lucy me ha metido en todo este lío? ¿Y si ella nunca ha estado realmente secuestrada? ¿Y si lo del Prado fue una maniobra para que luego me capturasen y...?».**

Le voy dando vueltas al coco hasta que llegamos a una sala muy grande, que parece un almacén de una nave industrial... Es en ese preciso momento cuando me pregunto dónde estoy. Claro, sí, ya sé que secuestrado en la guarida de Los Malos de los que me avisó mi **Holograma Jedi.** Pero me refiero a la localización. Esto debe de ser un polígono industrial de Parla como mínimo.

Los cachas me mantienen bien agarrado de los brazos y me colocan frente al que debe de ser el Capo, un tío que parece un armario vestido con un traje que tiene que costar más que la **Play 4.** A su lado, hay dos tíos con bata blanca y el **Primo #1.** Vaya cabrón, ha estado metido en el ajo desde el principio.

Detrás, sentada en una butaca, está Lucy, con cara de aburrida. Cuando me ve, no puede evitar llamarme.

—**¡Te juro que no sabía nada!**

—Lucía, cariño, cállate un poquito.

—**¡Jopetas, Papá!** Esto es muy injusto. ¡Ni sabía que te dedicabas a cosas malas!

—Claro, te lo voy a decir para que lo cuentes en tu Instagram. Tú tampoco me habías dicho nada de tus superpoderes. ¡Podrías haber arruinado nuestra fortuna!

—**Son temporales. No te enfades, Porfiiiii.**

—¿Me contáis qué está pasando? —pregunto, porque esto empieza a parecerse a una discusión entre padre e hija y paso, la verdad. Estos cachas me están haciendo bastante daño, colega.

—**Claro, Hamza** —me responde el Capo—. Te hemos detenido por ser una potencial amenaza para nuestro plan... Pero no te preocupes, no te haremos daño. Solo te encerraremos hasta que podamos distribuir todos estos calcetines.

Entonces algo en mi cabeza hace clic. Que ya podría haberlo hecho en el examen de mates, pero no.

Los calcetines...

—¿Vender calcetines que producen picores? ¿Ese es tu plan maligno?

El Capo Carretón suelta una risotada que retumba por todo el almacén.

—Eso fue solo un **error...** —oigo que dice Lucy.

—Un experimento que salió mal... Pero ya tenemos la nueva fórmula que nos asegurará calcetines blindados.

No puedo evitar reírme.

—**¿Qué coño queréis conseguir con eso?**

—Son calcetines que, una vez puestos..., no pueden quitarse. Con ellos, nadie volverá a enseñar los tobillos... **¿Y sabes qué significa eso?** Un índice espectacular de ventas en mercados emergentes de Oriente Próximo.

Y estalla en risas estridentes, como un puñetero loco. Hasta Lucy pone los ojos en blanco.

Pero, eh, si juega con los tobillitos la cosa se pone seria. Mis chistes dejarían de tener sentido. **¡Y por ahí no paso!** Que estafe a la gente o trafique con droga, me la suda, pero mi contenido no lo toca **NADIE.**

—¿Y por qué me lo cuentas? —pregunto, para intentar ganar tiempo.

Hay una cosita que me he callado, y os la quiero contar ahora: en el cinturón de mi traje, detrás, hay una especie de botón que me sirve para pedir ayuda... **«Claro, claro»,** me diréis, «te estás sacando este truco de la manga porque no sabes cómo acabar la historia, porque si eso fuera cierto lo habrías pulsado ya mientras estabas encerrado, **¿no?**»

Pues **meeeec,** error garrafal, colega. No lo he pulsado antes porque ¿qué habría conseguido? No sabía ni si tenía cobertura, no sabía qué me iba a caer encima... Y, por lo tanto, la ayuda habría servido de poco. Pero ahora todo eso ha cambiado... **Así que lo pulso y...**

—El plan ya es **imparable,** Hamza. Ni siquiera tu botón de socorro te puede ayudar.

¿¿Cómo sabe lo del botón?? → averígualo en la página 183.

Capítulo 24-B
EL CAPO Y SUS PLANES

—El Capo os espera —dice uno de los cachas, dándonos paso a un corredor.

—**¡¡¿QUÉ HABÉIS HECHO CON LUCY?!!** —grita de golpe Kika, como si la vida le fuera en ello. Joder, qué pulmones tiene la tía, colega. Aunque el espacio no es tan pequeño como antes, sigue petándonos los oídos.

El otro cachas se ríe de una forma que da todo el mal rollo del mundo, y eso me hace pensar lo peor, que se la han cargado, que adiós al imperio de Lucy_Miu y hola especial de la revista ***¡CHAO!*** haciéndole un reportaje. Pero responde:

—Está a salvo, **niñita**. La hija del jefe es intocable. Pero vosotros... no tanto.

Y ahora podría gritar un **«¿qué?»** gigantesco y ocupar toda una página, pero en verdad ya os había hecho este pequeño *spoiler*. No directamente, eso sí. ¿Os habíais dado cuenta? ¿No? ¿Eh, eh? Bueno, como no es tan sorpresa no soltaré ese **«¿qué?»**.

Lo soltaremos los tres. Kika, Paul y yo.

Pero en lugar de respondernos, nos empujan por el pasillo.

—**Venga, andando.**

Y bueno, vamos como podemos, porque estamos en shock. ¿Y si Lucy nos ha metido en todo este lío? ¿Y si se metió a robar en el Prado para que la pillaran y fuéramos a comisaría y...?

Al fin llegamos a una sala muy grande que parece un almacén o una nave industrial... Y entonces me pregunto por primera vez dónde estamos. A ver, sí, secuestrados en la guarida de Los Malos de los que me avisó mi Holograma Jedi; hasta ahí sí que llego, colega. Pero me refiero a la localización. Pensaba que seguíamos en los túneles, pero esto debe de ser un polígono industrial de Parla, como mínimo.

Los cachas me mantienen bien agarrado de los brazos y me colocan frente al que debe de ser el Capo, un tío que parece un armario vestido con un traje que tiene que costar más que la **Play 4.** A su lado, hay dos tíos con bata blanca y el **Primo #1.** Vaya cabrón. Detrás, sentada en una butaca, está Lucy, con cara de aburrida. Cuando nos ve, grita:

—**¡Tía, Kika, lo siento!** ¡Mi padre no quiere soltarte, y eso que le he dicho que eres de fiar!

—Lucía, cariño, cállate un poquito.

—**¡Jopetas, papááá!** Esto es muy injusto. Los otros vale, pero **¿Kikaaaa?**

Vaya, gracias por la parte que me toca, colega.

—Además, ¿desde cuándo te dedicas al crimen?

—¿Desde cuándo te dedicas tú a robar museos vestida de superheroína?

—Es que no sabía que **los malos** erais vosotros...

—**¿Nos contáis qué está pasando?** —pregunto, porque esto empieza a parecerse a una discusión entre padre e hija y paso, la verdad. Me quiero enterar ya de qué va la cosa. ¿Vosotros no?

—Claro, Hamza —me responde el Capo—. Te hemos detenido por ser una potencial amenaza para nuestro plan... **A ti en concreto.** Ya pensábamos hacerlo, tu hermano te delató, pero el chófer os encontró hurgando en mi despacho y, bueno, os avanzasteis... De todas formas, no os haremos daño. Solo os encerraremos hasta que podamos distribuir todos estos calcetines.

Entonces algo en mi cabeza hace clic. Que ya podría haberlo hecho en el examen de mates, pero no.

—**Pero, papá, suelta a Kika, porfiii.**

Los calcetines...

—¿Vender calcetines que producen picores? ¿Ese es tu plan maligno?

Ni siquiera me lo creo, incluso Paul, que debe de estar tan cagado como yo, suelta una risilla.

El Capo Carretón suelta una risotada que retumba por todo el almacén.

—Eso fue solo un **error...** —oigo que comenta Lucy.

—Un experimento que salió mal... Pero ya tenemos la nueva fórmula que nos asegurará calcetines blindados —sigue su padre.

No puedo evitar reírme.

—**¿Qué coño queréis conseguir con eso?**

—Son calcetines que, una vez puestos..., no pueden quitarse. Con ellos, nadie volverá a enseñar los tobillos... ¿Y sabes qué significa eso? Un índice espectacular de ventas en mercados emergentes de Oriente Próximo.

Y estalla en risas estridentes, como un **puñetero loco.** Hasta Lucy pone los ojos en blanco y Kika suspira.

Pero yo dejo de reírme porque si juega con los tobillitos la cosa se pone seria. Estos calcetines harían que mis chistes dejaran de tener sentido. **¡Y por ahí no paso!** Que estafe a la gente o trafique con droga, me la suda, pero mi contenido no lo toca **NADIE.**

—¿Y por qué me lo cuentas? —pregunto, para intentar ganar tiempo.

—Porque el plan ya es imparable, Hamza —me responde, pero casi no le escucho.

¡El Kibabphone es lo único que podría salvar los tobillitos! Si supiera dónde lo tienen...

Y justo veo que el **Primo #1** está jugando con él. **¡Será capullo!** ¿Cómo podría llegar hasta él...? Pero entonces Lucy parece saber qué estoy pensando, porque se levanta y le da tal empujón al cani que el Kibabphone sale volando y cae a mis pies. Seguramente, lo hace para salvar a Kika, pero ¡qué más da! Lo recojo rápidamente y digo:

—**¿Plan imparable, eh?**

Sigue la historia en la página 187.

Capítulo 25-A
EL PRINCIPIO DEL FIN

Me quedo paralizado. **¿Cómo...?** Pero me da igual, aunque diga que no funciona, yo lo aprieto disimuladamente.

—¿De qué hablas? —le pregunto haciéndome el loco. Porque, chaval, si algo me ha enseñado toda esta movida es a hacerme el tonto para ser más listo que **mi rival.**

—Te hemos estado observando durante unos cuantos días... muy de cerca... No hay nada como tener un topo en la casa de un superhéroe.

¿Qué coño...?

—No fue fácil convencer a tu hermano, pero nuestro agente infiltrado en el barrio tiene sus trucos... —Y señala al **Primo #1.**

—¿Me estás contando que habéis manipulado a Yasser? —Me quedo helado. Cada mañana desayuna en el bar del Josema y, obviamente, el **Primo #1** lo debe de conocer muy bien. ¿Era por eso que estaba tan raro? ¿Por eso me chantajeaba? ¿Le comían el coco?

—Así que te hemos estado espiando bien de cerca. Aunque hasta que no chocaste con él ayer no pudimos confirmar que se trataba de ti.

—¿Y no fuiste capaz de ver que tu propia hija también hacía de superheroína? —interrumpe Lucy.

Pero el Capo no le hace ni caso.

—Así que sabemos cómo funciona el Kibabphone y que tu botón de ayuda no servirá de nada. Nos encargamos de bloquearlo. Tu hermano puede ser un excelente ***hacker*** si se le manipula.

¡Sabía que funcionaría! Bueno, en verdad me he acojonado un poco, porque vaya panorama, pero ya parece que todo está arreglado, **¿o no?** El Capo se pone a soltar un montón de palabrotas de las que mi madre te freiría a chancletazos y empieza a dar órdenes.

Todo adquiere una velocidad **frenética**.

Isma pega un salto y aterriza en el suelo como si fuera también un superhéroe y empieza a desatarme. Los cachas comienzan a salir de todas partes y nos rodean, pero yo saco los **nunchakus** y me pongo espalda contra espalda con **Wismichu**. No tienen nada que hacer contra nosotros.

Bueno, antes de contaros cómo les damos de hostias, mejor me explico un poco: aquel día en el Retiro, configuramos el sistema de **SOS** del Kibabphone y lo ligamos al teléfono del Isma. **¿Por qué?** Buena pregunta, fácil respuesta. Veréis: mientras yo me lío a mamporrazos con los nunchakus, Wismichu se quita la camiseta y, al grito de guerra, empieza a lanzar rayos por los pezones electrocutando a cada cachas que viene a por nosotros.

Sí, su cómic está basado en hechos reales. Como mi historia, colega. Que os líe con diversos caminos para leerla no significa que me lo invente todo.

Solo queda una duda por resolver, porque hay algo que ni yo sé:

—**Pero, hermano** —le pregunto mientras dejo **KO** a uno de los cachas (los golpes de nunchaku en la cabeza son infalibles)—, ¿cómo has llegado tan rápido?

—Las de la editorial también tienen un portal que conecta la oficina de Barcelona con la de Madrid; así se ahorran muchísima pasta en el **AVE.**

En ese momento, le meto una patada en los huevos al **Primo #1.** Nos damos la vuelta e Ismael lo deja frito con un rayo.

—Eh, al menos no trafican con ¿qué me has dicho? ¿Calcetines blindados que impiden que se vean los tobillitos?

—Como lo oyes.

—**A la mierda tu contenido.**

Lo que yo os decía.

Cuando acabamos de repartir hostias como panes (a 0,50 euros la barra), nos volvemos para darle candela al Capo y a los puñeteros científicos que la han acabado de liar con sus fórmulas y sus drogas.

Pero nos encontramos solo con Lucy, sentada y boquiabierta.

—**Se han escapado** —explica—. Pero os juro que yo me mudo a Malasaña con mis amigas o algo, **tía**, ***tío.*** No pienso vivir más con este loco.

Wismichu y yo, sudando, nos quedamos mirando. Me quito el supertraje a grito de **«KITIPASA, HABIBI»** y me tiro al suelo, agotado.

—**Joder, colega.** —Es lo único que soy capaz de decir—. ¿Crees que ya se ha acabado todo?

—Como mínimo, no tendrán más ganas de hacer gilipolleces con calcetines.

Los cachas empiezan a levantarse y a salir a gatas. Lucy nos dice que llamará a la policía para que, al menos, desmantelen la banda de su padre.

—Sería una malísima publicidad para mí si no me desvinculo de su actividad criminal. Dejaría de tener **Valentinos** gratis y eso no pienso tolerarlo —declara, como si entendiéramos lo que está diciendo.

Mientras llama a la **Poli**, Wismichu se dedica a quemar algunos de los sacos con sus rayos, pero no todos. Es conveniente dejar pruebas a la policía de todo lo que hacía el Capo. Antes de que se propague más el fuego, salimos los tres de la nave, de vuelta a casa.

Acaba la historia en la página 190.

Capítulo 25-B
EL PRINCIPIO DEL FIN

—**¡¡LUCÍA!!** —grita el Capo cuando se da cuenta de que la del empujón ha sido su querida hija—. ¿Por qué haces eso? **¡Soy tu padre!**

—¡Por eso mismo, papá! ¡¡Jopetas!! ¿Sabes la de patrocinios que puedo perder si se descubre que eres un mafioso?

—**¡¡Te acaban de arrestar por robar en el Prado!!** —le restriega en todo el jeto.

—**¡¡Sí!! ¡¡A mí!! ¡¡Yo!! ¡¡No mi padre!! ¡¡Y Luis Veinte quiere que sea la imagen de su campaña con Coons!!**

Ya os imagináis que, como vosotros, no me estoy enterando de una mierda; así que con disimulo, mientras todos están pendientes del culebrón Carretón, me transformo en Abdulman. Eso sí, vaya transformación más discretita, **colega**; con el resplandor y estas mierdas, hasta el drama familiar se detiene por mi culpa y me encuentro con que todo el mundo me está mirando.

Pero no me lo pienso dos veces: en cuanto el primer cachas sale corriendo para darme una buena tunda, yo saco mis nunchakus. Y logro lo que quería: no se me acerca ni uno, chaval. Y en cuanto me doy cuenta...

—**¡LUCY!** —grito de alegría mientras le doy una

patada en los huevos al Primo #1. Qué a gusto me quedo, colega—. Joder, pensaba que no me ayudarías.

—Tía, *tío* —se corrige mientras le rompe la nariz a uno de los cachas de un codazo tremendo—, ¿y perderme la oportunidad de freír a tortazos a los secuaces de mi padre? **¡¡CASI ACABAN CON MI CARRERA!!**

Pero entonces alguien me da un golpe que me deja en el suelo. Bueno, no alguien; algo. Una chancla. En toda la cara. Joder. Casi me cuesta respirar.

—**¡¡PAPÁ!!** —grita Lucy. Ha sido él. Pero... Caray... No me puedo ni levantar.

Paul viene corriendo a ayudarme. Ha estado intentando enfrentarse a esos cabrones para ayudarnos, le he visto todo el rato con el rabillo del ojo, pero creo que no le han dado cancha en ningún momento.

—Reacciona, tío, reacciona —me dice, dándome palmaditas en la mejilla. Pero no sé si puedo reaccionar.

Poco a poco, el ruido se calma y todo se queda en silencio. Creo que me he quedado **KO,** pero no es eso lo que pasa...

—Han huido —oigo que dice Kika.

—**¿Y ahora qué hacemos?** —pregunta Paul.

—Quemarlo todo. Y llamar a la poli, ¿no? —sugiere Lucy—. Si lo denuncio yo, el marrón no me salpicará.

—¿Y lo del Prado?

—Te tengo a ti, **Kika,** tía, eres superbuena abogada. Saldremos de esta, ya verás.

Poco a poco, el hinchazón de la cara va bajando y me encuentro con fuerzas de levantarme. Mientras, Paul, Kika y Lucy se han dedicado a rociar gran parte del almacén con gasolina que han encontrado en uno de los cuartos en los que nos tenían encerrados.

Cuando ya estamos todos fuera de la nave, sin trajes de superhéroes, Kika tira una cerilla al hilo de gasolina que hemos dejado y vemos cómo poco a poco todo empieza a prender fuego.

—**¿Creéis que volverán a intentar llevar a cabo su puñetero plan?** —se pregunta Paul en voz alta.

—No creo —dice Lucy—. Quizá vuelve a dedicarse a blanquear dinero.

Me la quedo mirando y le pregunto:

—Entonces ¿sabías que hacía alguna **actividad criminal?**

Ella se encoge de hombros y me responde:

—No sé, ***tía, tío.*** Estamos podridos de pasta. De algún lado tenía que salir.

—Sea como sea —digo—, después de la paliza que les hemos dado y de la poli persiguiéndolos, fijo que no lo intentan durante un buen tiempo.

Sigue la historia en la página siguiente.

EPÍLOGO
SI TE HA GUSTADO, DALE *LIKE* Y SUSCRÍBETE

Vaya final de infarto, **¿eh?** Aún no me puedo creer que acabara pasando todo esto, pero esta es la historia de cómo me vi envuelto en una pelea con unos cuantos cachas, un mafioso padre de una ***influencer*** y un móvil misterioso venido de otra dimensión.

Sea como sea, os cuento un poco cómo fueron los siguientes días:

- Lucy salió de nuevo en las noticias explicando que «**se quedó muer-ta**» cuando descubrió lo de la banda de su padre; y claro, al enterarse tuvo que llamar a la policía porque, ante todo, era una ciudadana responsable que se debía a su comunidad de fans.

- Como en los últimos días fui recurrente en el ***feed*** de Lucy_Miu, el «**escándalo**» también me salpicó a mí, pero me salpicó que da gusto, eh: me subieron los seguidores como la espuma (llegué a los tres millones, colega), e hicimos ***merchandising*** conjunto para Kitipasashop.

- Eso sí, mi madre me siguió dando la brasa: que si vaya compañías, que si esta chica no sé qué... Buah, las movidas de siempre. Y también, como siempre, me llevé un **chancletazo**.

- Mi hermano se relajó con el tema del chantaje. De hecho, acabó sudando del tema al cabo de unos días. Así que por fin pude ahorrar lo poco que me da el **Partner,** chaval.

- Héctor cada vez me sigue más a todas partes, pero resulta ser un tío bastante majo y tiene grandes ideas para los **entrenamientos**.

- Ah, sí, porque sigo entrenando: mi Yo Jedi de **Otra Dimensión** no ha vuelto a por el móvil, y el Capo Carretón y sus gorilas se escaparon. **¿Quién me Dice que el mal no sigue al acecho?** Abdulman tendrá que seguir protegiendo Carabanchel...

¡Eh, colega! Antes de pirarme: ¿estás seguro de haber leído todos los caminos posibles? Vuelve atrás y no te dejes ni uno, ¡que para algo he escrito esto!

¿FIN?